クロ恋。

CONTENTS

恋愛博士の異常な愛情

恋愛とは実験である。

スポイトの先から溶液が垂らされると、青色のリトマス試験紙があっという間に赤く変色した。スポイト内の液体が酸性だったからだ。酸性の液体なら必ず赤くなる。青のまま色が変わらなかったり、緑や黄色になることもない。

人間の心もこれと同じ。人から嫌われることをすれば嫌われるし、好かれることをすれば好かれる。要は人の心も化学変化するのだ。


理科室は嫌いだという人が多いけど、僕は好きだった。

教科書とノート、資料集に筆箱を持って隣の校舎の2階まで移動するのも好きだったし、教室がだだっ広くて寒々しいのも好きだった。

マッチでアルコールランプに火をつけたり、フラスコに試薬を入れたり、理科の実習授業は小学生の僕の心を一発で奪った。実験結果が思う通りにならないのは、手順や環境が理想的でなかったから。正しい方法で行えば、誰がやっても必ず同じ結論に達する。

これこそが科学の本質である。

科学というツールを発見して以来、人類の生活は一変し世界は急速に発展してきた。それなのに、恋愛は旧態依然。進化を拒否したかのように、今も昔も同じように惚れた腫れたのカオスの中にある。

1

地元の小中学校から男子校に進学し、東京にある中堅私大の生命工学科に進んだ僕は、いわゆる〝理系男子〟としての青春を過ごしてきた。高校が男子校だったこともあり恋愛にはオクテだったけど、親に感謝するべきか、世間の女子に言わせるとルックスは中の上らしいので、女の子の側から告白されて何度か恋愛を経験したことはあった。

いや、正確に言うなら恋愛を経験したわけではない。

自分から好きになったわけではないので、僕には2人がどうなろうと大きな関心がなかったからだ。恋愛とは実験なわけだから、僕にコクってきた女子が実験を行う施験者で、僕は実験を受ける被験者だった。

僕が初めて実験を仕掛ける側になったのは、大学に入学してからだった。

被験者は同じ学部にいたセミロングで濃い茶髪の子だった。顔立ちはいわゆる和風美人だったが、薄い顔の造形にギャル風のメイクがよく映えていた。東北から進学のために上京してきた子で、一気に都会の今風な女子に変身しようとしているのが見て取れた。

理系の学部に女子は少なかったので、前期が終わり夏休みに入る頃には、美系の彼女はクラスのマドンナ的な存在になっていた。何度か言葉を交わしたことはあったけど、彼女にしてみれば僕は、その他大勢と同様に〝同じクラスにいる人〟という認識だったはずだ。

《星が見える場所》実験

あと3日でテスト期間が終わり夏休みに入るというタイミングで、僕は彼女を誘った。

「ねえ、【被験者①】さん。あ……いきなり声をかけられて驚いたかもしれないけどよかったら夏休みに星を見に行かない？　東京にも星が信じられないくらいに綺麗に見える場所があるんだけど…」

「えっと、青木くんだよね……。えっ、うれしい。私、クラスに男子の知り合いが1人もいなくって（笑）。星か……いいね。けっこう好きなんだ。星見るの…」

僕はなぜ星を見ようと誘ったのか？　もちろん、理由があってのことだ。科学の実験では仮説や前提条件をきちんと立てなければならない。被験者①と相思相愛になるために僕が立てた仮説は、こんなものだ。

・被験者①は地方から東京に出てきたばかり。都会に馴染もうとしているが、まだうまくいっていない。
・被験者①は東京に馴染もうとするが、その反動で郷里を恋しく思っている。
・被験者①は一般教養の天文学を履修しているが、教室では前方の席に座ることが多く、

この分野に興味があると予想できる（だから「星を見よう」と誘った）。

被験者①とのデートは、夏休みに入ってちょうど1週間目の金曜日だった。渋谷の駅前で待ち合わせをした。午後3時が集合時間だったが僕は15分前に現地に行って、待ち合わせ場所から少し離れた場所に立ちスマホを眺めていた。集合時間の5分前になると、被験者①がやって来た。くるぶしが見えるタイトなジーンズに白のシンプルなブラウス、手持ちにもできる小さめのトートバッグを肩からさげていた。

まだまだ――。僕は3分ほど被験者①を泳がすことにして、見つからないようにその行動を観察した。彼女は軽く周囲を見回すと、トートバッグからペットボトルを取り出して一口飲み、スマホに目を落としていた。ちょうど3分が経った時、僕のスマホにＬＩＮＥのメッセージが入った。

『人多いよね💦　今着きました！』

既読がつかないようにメッセージを読み20秒待ってから『こちらも今着きました💦』と返信すると、被験者①のほうに歩いて行った。2人の距離が40ｍに接近した時点で、被験者①は僕に気が付き、軽く手を振って来た。手を振り返しながら、僕は実験が成功に向かっているという手応えを感じていた。その理由は3つ。

・被験者①は約束時間の5分前に到着する気遣いを持っている（僕は時間に正確な女性

しか好きになれない)。

・今日は大学のキャンパスで会うときよりもギャル風でない(東京に馴染もうとギャル風ファッションにしているが、ギャルの聖地である渋谷でその格好を披露するほど自分に自信はない＝まだ地方出身者としてのコンプレックスを抱えているため、僕の立てた仮説が正しいことが証明されたといえる)。

・カクテルパーティー効果が顕著(周囲が騒々しい場所でも、人間は興味のある会話は聞き分けられるという心理学の法則。群衆の中から遠方を歩く僕を見分けたので、被験者①が僕に興味を持っていることは明らか)。

「すごい! 青木くん、時間ピッタリだね」

「待たせちゃってごめんなさい。【被験者①】さんは時間前に来ていたんだね」

「うん、ちょっとだけ。わたし、必ず約束時間の前に行くようにしているの。じゃないと、ゆっくりしちゃって絶対遅れるタイプだから(笑)」

「そんな人に見えないけどね(笑)」

「ていうか、すごい人の数だね。わたし、渋谷ってまだ苦手で……。そうそう、星が見えるっていうから来たけど、本当に東京で星なんか見えるの? まだ昼間だよ? さすがに夜になってからだよね?」

「質問攻めだね（笑）。本当だよ。綺麗な星空が見えるよ。僕は嘘はつかないから」

被験者①と僕は渋谷をぶらぶらしながら、最近流行っているというスイーツを食べた。時刻は午後5時45分。7月23日の東京の日の入りは午後6時53分。まだ、1時間ちょっと時間がある。不審に思っている被験者①をよそに、僕らは山手線に乗って池袋に移動した。そう、巨大な商業ビルにあるプラネタリウムが僕たちの目的地だった。

「ねーねー、なんで池袋なの？　池袋のこと〝ブクロ〟って言う人がいるけど、東京の人はみんなそう言うの？」

「いいから、いいから。池袋に行こうよ。あと、僕は東京出身だけど、ブクロって言ったことないよ」

昼間のデートで少し慣れてきたせいか、2人の会話に親密さが増した気がする。僕は実験が今のところ最高のコンディションで進んでいることを実感した。


「わー綺麗だった！　ホント、青木くんって星座に詳しいんだね。わたしも小さい時にパパと一緒に夜空を見るのが好きだったの。田舎だから、星がたくさん見えたんだ」

「そっか（笑）。ねえ、晩ご飯食べていかない？　美味しい牛肉出すお店知ってるんだ」

「食べたい！　ちょうどお腹減ってたんだよね」

僕は被験者①を案内しながら5分ほど歩き、有名な牛丼チェーン店の前で立ち止まった。

「はい、到着！」

「えっ、吉野家！　ウケるんだけど（笑）」

【被験者①】さんは吉野家嫌いなの？　僕は大好物だけど」

「えっ、好きだよ。大好き。週1で必ず食べてるし（笑）」

「じゃ、一緒に食べようよ。僕がご馳走するよ」

「青木くんて超おもしろいね。うん、食べよう。ご馳走になります」

東京で星を見ようと言ってプラネタリウムに行くというサプライズな展開がハマったことに気をよくした僕は、急遽、**《美味しい牛肉が食べられる店》実験**を実施していた。この実験に関連したレポートを以前読んだことがあったからだ。ネット記事でたまたま目にしたのだが、売り出し中のイケメン俳優が格上の大物女優とのデートで、美味しいお肉をご馳走すると言ってガード下の焼き鳥屋に連れて行ったという話だった。2人はその後結婚しているので、きっと実験はうまくいったのだろう。

「わたしも今度から青木くんのトッピング真似しようかな。かなりイケてた」

空腹を満たした僕と被験者①は、駅で別れて帰宅した。初回のデートは大成功だったと言ってよい。帰宅してパソコンを開いて実験結果をメモすると、心地よい疲れが襲ってきてそのまま寝入ってしまった。翌朝、9時過ぎに起きると、被験者①からＬＩＮＥのメッセージが届いていた。

『昨日はごちそうさま！　お盆は帰省するけどそれ以外は東京でバイトと課題レポート地獄なので、また誘ってください』

《夜道の散歩と吊り橋効果》実験

被験者①とはその後10日間くらい、LINEを1日に数回やり取りした。たわいもない内容だが、実家では犬を飼っていること、高校時代に2人と付き合ったことがあること、食べることが好きなので将来は食品メーカーの研究職を希望していることなど、彼女の重要な個人情報が入手できた。

これらの情報を活かし、僕は新たな実験を計画した。ちなみに、これがうまくいった場合（うまくいくはずだが）、僕と被験者①は即日交際を開始することとなる。

この実験の仮説と前提条件を整理しておく。

・被験者①と僕は客観的に見ていい感じだ。2回目のデートを向こうから申し込んできたことからも明らかだ。
・被験者①は予想通りノーマルな女の子だ。地方から上京して都会の水に馴染もうと努力しているが、世間一般の常識に加えユーモアも持ち合わせている。
・被験者①の心の中に芽生え始めた淡い僕への恋心を明確に自覚させるため、古典的だが実証されている「吊り橋効果」を用いることにする。

2回目の実験の場所に吉祥寺を選んだ。約束の時間は前回と同じく午後3時。中途半端な時間に思えるけど、この時間ならお昼を一緒に食べる必要はないし、少しブラブラしてからカフェに入ればいいので楽だ。

カフェでケーキなんかを食べた場合、夕食の時間は少し遅くなるが、その分、解散の時間も遅くなるので好都合だった。女子と2人で過ごす場合、夜が更ければ更けるほど親密さが増すものだ。

時間ピッタリに待ち合わせ場所に行くと、被験者①はすでに来ていた。

「待たせちゃったかな。夏本番っていう感じの気候だけど、夏は好き?」

「好きでも嫌いでもないかな。青木くんは?」

「僕はわりと好きかな。女の子の厚底のサンダルとワンピースが好きなんで。夏はそれが楽しめるからね」

「へぇ〜青木くんってフェチなの? それとも、わたしがワンピースとサンダル姿だから気を遣ってくれてるのかな?」

「よく似合ってると思うよ」

そう答えながら、僕は実験の事前準備が整ったことに心の中でガッツポーズしていた。厚底のサンダル――これが今回の実験の成否を握っていたからだ。僕は前回デートで被験者①とショッピングモールを歩いた際、さりげなく厚底サンダル好きであることをアピールしていた。被験者①はそれを覚えていてくれたのだろう。

デートはこのエリアでは定番の井の頭公園を散策してから、古着屋、雑貨屋などをブラブラし、夕方になってから休憩を兼ねてカフェに入った。

「東京にもこんな街があるって、知らなかった。わたし、すごい好きかも」

「吉祥寺が気に入った?」

「うん、すごく。わたしみたいに田舎育ちだと、渋谷とか新宿って人が多すぎちゃってパニックになっちゃうのね。でもここは、どこかのんびりしているから落ち着くの」

「夕食までにお腹を減らしたいから、どこかブラつこうか?」

僕がこう提案すると、被験者①は同意を示す笑顔をつくった。

整った顔立ちに控えめのギャル風メイクを施した彼女の笑顔は、確実に恋が始まっていることを告げていた。

2

「夜になって涼しくなったけど、まだ蒸し暑いね」

被験者①が少し疲れたような声で言った。

僕たちは商店街の中にある洋食屋でたっぷり時間をかけて遅めの夕食をとったあと、散歩を楽しんでいた。実験はいよいよ仕上げの段階に入っていた。

僕は赤ワインをグラスに1杯、被験者①は白ワインをグラスに2杯飲んでいたので、お互いホロ酔いだったことも手伝い日中の散策の疲れが出始めていた。

「駅からだいぶ離れちゃったね」

こう僕が言うと、言葉を返すのにも疲れたのか、被験者①は小さく「……だね」とだけ返した。店を出てから、かれこれ30分近く散歩している。

今歩いているのは交通量の多い道路沿いだ。普通はこういうとき、気遣いを見せて女の子に歩道側を歩かせるが、僕はあえて被験者①に車道側を歩かせていた。疲れがたまりほろ酔い状態の被験者①にとって、乗用車やバイク、トラックがひっきりなしに走る車道は、かすかな恐怖を感じるのに十分だったはずだ。

しかも、被験者①は編み上げの厚底サンダルを履いている。前回のデートで僕がさりげなくリクエストしておいたものだ。ファッション性にパラメーターを振り切り実用性を度外視したこの種の靴は、長距離の歩行には不向きだろう。このことが被験者①の恐怖のレベルを押し上げていることは容易に想像がついた。

吊り橋効果――。恐怖を感じてドキドキしている感情を一緒にいる異性へのドキドキだと脳が勘違いする現象のことだ。〝錯誤帰属《さくごきぞく》〟とも言われる。僕はこの古典的な心理学の発見を今まさに被験者①に試していた。長距離を歩くのに適さない厚底サンダルを履いてくるように事前に誘導したのも、吊り橋効果を最大限に高めるためだった。

あてもなく歩き続ける2人。実験はそろそろ仕上げに向かっていた。

この日の実験の工程はあと2つで終了する。

「ねえ、緑が多くて涼しいところに行かない？」

スマホを操作しながら僕がこう提案すると、目的なく歩き続けることに疑問を抱いていたはずの被験者①は、

「うん。いいね。でも、そんな場所あるの？」

と返してきた。期待通りの反応だ。

「5分くらいで着くよ」

スマホに目を落としたまま僕は答えた。

程なくして僕は被験者①を墓地に連れて行った。時間は午後10時を過ぎていた。

緑の中にある墓地は十分に暗く、時折吹く生ぬるい風に肌寒さを感じるほどだった。

「ねえ、ここお墓じゃない（笑）。わたしが怖がりなの知ってた？」

被験者①は僕の言葉に嘘がなかったことに納得しながらも、少しあきれ気味に言った。

「緑が多くて涼しいでしょ？」

「たしかにそうだけど、お墓に連れてこられるとは思わなかった。この前の牛丼屋さんも

そう……また、青木くんにやられちゃったよ（笑）」

僕と被験者①は2人で声を出して笑い合った。誰もいない夜更けの墓地に若い男女の笑い声が響く。もし同じ時間に誰かが墓地を訪れていたら、ちょっとした恐怖体験になっていたかもしれないくらいシュールな状況だったはずだ。

吊り橋効果に加えてサプライズ演出、適度なアルコールにほどよい疲れ――今すぐ告白すれば、被験者①は僕との交際を快く受け入れるだろう。

彼女の心にスポイトで溶液を1滴垂らすだけでよかった。心の色は一瞬で変化し、これまで単なるクラスメイトだった2人から、一気にカップルに化学変化する。

「ねえ、【被験者①】さんはカレシとかいるの!?」

「え……いないよ。青木くんはカノジョいないの?」

「いないかな」

「そうなんだ」

「もしよかったらなんだけど、僕と付き合ってくれない?」

「変わってるよね。そんなこと、お墓で言うんだ（笑）」

そう言うと、被験者①は僕が予想した時間よりかなり長く1人で笑っていたので、僕は次の言葉を見つけるのに時間がかかった。

たしかに僕は、被験者①の心に溶液を垂らした。でも、今の彼女の態度を見ていると、予想通りに化学変化したのか判別できなかった。ただ、その代わりに被験者①は僕の手をそっと握ってきたので、その後は手をつないで墓地の出口まで2人で歩いた。

3

結局、被験者①とは交際していたのかしていなかったのか明確な〝証拠〟がないまま、大学2年になる春休みまで続いた。一応、クリスマスやお互いの誕生日（といっても彼女の誕生日は4月だったので祝えなかった）にプレゼントを交換する恋人の儀式も実行した。週に何度か一緒にご飯を食べたり、映画に行ったり、週末はお互いのワンルームマンションに泊まりにいったりもした。

はたから見れば、幸せそうな大学生のカップルだったはずだ。僕も被験者①と一緒にいると居心地がよかったし、特に不満はなかった。ただ、春休みに入る直前、吉祥寺のカフェでお茶をしたあと、唐突に被験者①はこう言った。

「青木くんといると楽しいけど、少し前から他に気になる人がいて……。その人に告白されたから、もうこうやって会うのはやめようと思う」

正直言って驚いた。交際が始まってからも、僕は常に彼女の言動を観察してきた。自分が何を言って何をすべきかは事前にシミュレートして、被験者①の化学変化を常に好ましい方向にコントロールしていたはずだった。

「そっか……。分かった…」

平静を装いながらこう絞り出したけど、こんなセリフはシミュレーションにはなかったので、完全なアドリブだった。

僕は人並みに傷ついていた。春休みの間は上の空で何も手につかなかった。終わりの見えないトンネルに入り込んだような気持ちだった。押し寄せる自己否定の波。

僕はモテない。僕はモテない。僕はモテない。僕はモテない。僕はモテない。

僕はダメなんだ。僕はダメなんだ。僕はダメなんだ。僕はダメなんだ。

なんとかしなければならない。そして気が付いた。

恋愛とは実験であり、失恋とは単に実験が失敗したにすぎないのだと——。

そう悟って以来、僕は恋愛に対するいわれのない憎悪を抱くようになっていた。

4

キャバクラに行くようになったのは、就職してすぐのことだ。

10歳年上の先輩に連れてこられたのがきっかけだった。

着飾った女性に囲まれてお酒を飲む場所だということはなんとなく理解していたけど、

それ以上の知識はなかった。

「初めまして。カエデです！　水割りでいいですか？」

馴染みの女の子を指名してすぐに盛り上がっている先輩を眺めていると、僕の隣に座った小柄な女の子が話しかけてきた。派手な金髪のショートボブに、胸の谷間がはっきり見えるピンク色のタイトなドレスを着ている。

「うん。水割りでお願いします」

慣れた手つきでウイスキーの水割りを作りながらカエデが言う。

「お名前何ていうんですか？」

「えっ、ああ……青木です」

「じゃなくてさ（笑）、下の名前は？」

「ヒロト……だけど…」

「じゃ、ヒロピーだね！　よろしくね」


その日、僕らは2時間ほどキャバクラにいたようだ。飲み代は先輩のおごりだった。

僕の隣には計4人の女の子がついたが、場違いな場所に連れてこられたという緊張で最初についたカエデ以外の女の子の名前や雰囲気は覚えていない。

初めてのキャバクラに少々面食らったため、先輩と別れて終電間近の電車に揺られながら、ネットでキャバクラのシステムを調べると、おおよそ次のようなことが分かった。
・料金システムは50～60分で5000～8000円が相場で、これをセット料金という。
・延長は1セットの半分の時間から可能で、1セット60分の店なら30分延長をした際はセット料金の半分の金額が加算される。
・女の子にドリンクを飲ませると、1杯1000～2000円かかる。
・隣につく女の子は1セットで2、3人交代する。
・気に入った子がいた場合は場内指名すれば、その子をキープすることができる。場内指名には1000～2000円がかかる。
・あらかじめ気に入った女の子がいる場合は、入店時にその子を指名することができ、これは本指名と呼ばれている。相場は2000～3000円。
・夕方、お店の女の子と待ち合わせて食事をして、その後一緒にお店に行く同伴というシステムもある。ただし、同伴には誰でも応じてくれるわけではない。

翌日の午後6時、帰宅しようと思っていた僕のLINEにメッセージが来ていた。

『きのうは楽しかったです😃　また、お話ししたいな～お時間あるときに♪』

カエデだった。これがいわゆる〝営業メール〟だということを知らなかった僕は、久しぶりの女性からの連絡に不意をつかれてしまった。早めに帰宅してサブスクの配信ドラマを見ようとしていた予定をキャンセルし、店に顔を出すことにした。

キャバクラが何時に開店するのかネットで調べると8時だったので、少々時間がある。カエデの店は六本木にあり、僕の会社は茅場町にあった。化学繊維の中堅メーカーで、僕は製品開発部に配属された。理系出身ということで、営業部と技術部の橋渡しをする中間的な部署らしい。まだ研修を終えたばかりなので、具体的にどんな仕事をするのかはこれから覚えていかなければならない。

茅場町から六本木までは地下鉄で20分程度なので、会社の近くの牛丼屋で早めの夕食を済ませた後、コンビニのイートインスペースで缶コーヒーを飲みながらカバンに入れてあった文庫本の続きを読んで時間をつぶした。店が入る雑居ビルの前に着くと8時20分だった。

「いらっしゃいませ！　ご指名はございますか？」

茶髪のボーイが元気よく出迎える。

「あっ、えーと、カエデさんをお願いします」

「カエデさんですね。ありがとうございます！　ではご案内します」

キャバクラデビューから24時間経たないうちに、僕は同じ店をリピートしたうえ本指名していた。普通なら多少緊張するんだろうけど、まったくそんな感情はなかった。それよりも、久しく失っていた実験欲がむくむくと膨らみ始めているのが分かった。

「えー！　ヒロピー会いに来てくれたんだ！　超うれしいんですけど」

相変わらず胸元が大きく開いたドレスにヒールの高い靴を履いたカエデは、席につくなりテンション高くこう言った。

「うん。ちょうど仕事で近所まで来ていて、帰ろうと思ったらメールが入っているのに気が付いて。タイミングがよかったのかも」

僕はあらかじめ用意してきた言い訳をカエデに伝えた。

「そっか。めっちゃタイミングよかったんだね。もしかしてヒロピーとわたし、相性バッチリかもしれないよ！」

そう言いながらカエデは両腕で僕の右腕を抱き締めてきた。肘の辺りに柔らかな感触を感じる。悪い気はしない。

「一緒に乾杯したいな〜。カエデも一杯、もらっていい？」

「うん、どうぞ」

ウイスキーの水割りを作り終えて僕のコースターに置くと、カエデはさっそくドリンクをおねだりしてきた。２日連続でやって来て彼女を本指名したのだから、もちろん飲むなとは言えない。開店から間もないこともあって、店には僕と常連と思われる50代くらいの男性客以外は誰もいなかった。

「ヒロピーってかっこいいよね。モテるでしょ」

「いや、全然」

「何の仕事してるの?」

「化学繊維メーカーで商品開発」

「カガクセンイ……なんかすごそう!」

次から次へと質問を浴びせられる。ボックス席に2人で座っているが、カエデは僕のほうを向くためにソファに浅く腰掛け身を左側にしている。座ると膝上20センチほどに縮むワンピースのせいで、両ももが見えている。ワンピースが浮き上がるのを気にしてか、キャバ嬢は座ったときにドレスの裾と太ももの間にハンカチを置くのが基本スタイルらしい。

「それでさ……ヒロピーって、彼女いるの?」

僕の空いたグラスに氷を足して水割りを作りながら、ふいにカエデがこう言った。

「えっ、いないよ…」

今までより低いトーンで急に質問されたので、僕は少しうろたえながらこう返した。

5

被験者①と疎遠になってから3か月ほど何もする気が起きなかったが、被験者②(必修の語学の授業で隣の席になった女の子)、被験者③(バイト先の書店の仲間=僕が先輩)、被験者④（ゼミの仲間）を対象に実験を繰り返していた。それぞれの被験者で実験期間がかぶったことはないので、世間で言う〝二股〟状態ではなかった。

被験者②にはまず、**《イチゴの食べ方》実験**を行った。実験は心理学的な要素が強いもので、イチゴをヘタのついたお尻の部分から食べるか、とがった先の部分から食べるかでその子の性格や欲求が分かるというものだ。僕が立てた仮説は、

・先端から食べる子は素直で分かりやすい性格である。世間一般の価値観を持つ。その一方で、個性的であることに憧れている。
・ヘタのついたお尻の部分から食べる子は意志が強い。同時に思い込みも激しく、好き嫌いのレッテル貼りが激しい傾向がある。
・胴体部分を横からガブリと食べる子は少しアブノーマルな世界観を持っている。
・一気にひと口で食べる子は単純で素直な性格か、少々Ｍっ気があり、パートナーに影響されやすい性格。

僕と同じ東京の郊外出身の被験者②は、初デートのときにケーキの上にのったイチゴをいきなり手でつまむと、胴体の横側をガブリと噛んだ。すると今度は反対側をガブリと噛み、芯の部分が残ったリンゴのようになったイチゴを皿の端に置くと、そのまま最後まで食べなかった。僕が被験者②に警戒感を抱くようになったのは言うまでもない。

被験者②とはその後、何度かデートしてみたが僕の仮説が正しかったようで、普通とは違う危うい部分を感じた。高いヒールの靴を履かせて交通量の多い車道側を歩かせる実験では、途中から縁石に乗ってふらふらしながら歩き出したり（このとき僕と被験者②はお酒で酔っていたわけではない）、オムライス専門店で食事中に急に大声で笑い出したり（きっかけが不明）……会話もあまり嚙み合わなかったので、それ以降は連絡を取らないようにした。彼女のほうから僕に連絡してくることもなかった。

それ以降、僕は《イチゴの食べ方》実験を必ず初期実験として被験者に課すことに決めた。ちなみに、被験者③は先端から食べるタイプで、被験者④はお尻から食べるタイプだった。被験者③と被験者④の2人ともデートを重ねたが、特に気になることはなく、十分に交際に発展しそうな雰囲気があった。イチゴを先端から食べた被験者③は感じの良い子で、見た目はいわゆる清楚系。黒髪のロングヘアでスレンダーな体つき。整った顔立ちで目が大きく、人気グループアイドルのメンバーにいそうなタイプだったが、僕の好みではなかった。

被験者④は少しぽっちゃりした体形で、髪色はほんのりとした茶髪。体形にコンプレックスがあるのか、ゆるふわ系の服装を好んだ。目立ったのは大きな胸で、正直に言えば、僕が被験者④にアプローチしたのも、この胸が目当てだった。

被験者④は僕に好意を抱いてくれたようで、1回目のデート以降、1日に何度もＬＩＮ

Eのやり取りをして関係が深まっていったけど、次第に嫌気がさしてきた。

『今度ここ行こうよ♪　ヒロトくんは絶対好きだと思うよ』

というメッセージが来たので添付されたリンクを確認すると、寄生虫博物館のサイトに飛んだ。寄生虫……？　僕はカブト虫も触れないし、寄生虫なんてグロすぎて絶対に無理だった。被験者④だってそこに行って楽しめるわけがない。それなのに被験者④は僕が好きに違いないと思い込んでいる。心外だ。このまま彼女と付き合っていると、イチゴをお尻から食べる〝思い込みの激しさ〟に僕は絶えずストレスを感じるはずだ。

『ごめん……虫とか無理なんだよね』

しばらく時間を置いてこう返信してから、僕は被験者④からフェードアウトした。

6

これまでたわいもない話をテンポよく繰り出してきたカエデは、一転して黙りこくっていた。なんだか気まずくなった僕は、水割りを飲むペースが速まり、所在なく店を見渡していた。もうすぐ入店からワンセットの60分が経とうとしていた。店にはちらほら客が入り始めていたが、まだ空いていた。奥のボックスシートを見ると、客待ちをする8人ほどのキャバ嬢が待機していた。

「わたしもカレシと別れちゃって……。今、1人なんだよね…」

唐突にカエデがこうつぶやいた。

重苦しい空気が嫌で周囲を見渡すことで現実逃避していた僕は、我に返った。

「そうなんだ。なんで別れちゃったの?」

僕がこう返した瞬間、黒服のボーイがやって来て片膝をついて座ると、「もうすぐお時間になりますが、ご延長のほうは?」と聞いてきた。

カエデは何も言わずに3分の1ほどになった僕のグラスに氷を入れて水割りを作り直している。

「じゃあ……ハーフ延長でお願いします」

「ありがとうございます!」

事前にネットで調べた際、ハーフ延長はセット料金の半分と書いてあったので、おそらく〈ワンセット6000円の半額分の3000円が課金されたはずだ。

「うれしい! まだヒロピーと話せるね。仕切り直しに乾杯したいな~」

カエデはこう言って、この日3杯目のドリンクをねだってきた。

「うん、そうしよう」

カエデはドリンクが到着するのを待ち、僕に体を目いっぱい寄せて乾杯をすると、

「普段は優しいんだけど、仕事で嫌なことがあったりお酒を飲み過ぎたりしたときにカエ

デを怒鳴ったり暴力を振ったりしてくるんだよね。それで別れたの…」

途切れていた会話が再開された。

「そっか、それはよくないね」

「ヒロピーは優しそうだよね……カエデ、優しい人がよかったな」

「まあ、女の子に怒鳴ったり暴力を振ったりはしないかな。優しいかは分からないけど」

僕がそう言うと、カエデは体を寄せて僕の右腕を両腕で抱き締めて、僕にしか聞こえない声でこう囁いた。

「うれしいな……今日は早番で10時に終わるから、2人で飲み直そうよ」

カエデの胸の弾力とオードパルファム系の香水（実は匂いフェチなので詳しい）に誘われた僕は、彼女の耳元に口を近づけ「いいよ…」と応えていた。

7

「ごめんね！　待たせちゃったね」

10時15分にカエデは店のすぐそばにあるコンビニにやって来た。僕は雑誌コーナーで情報誌を立ち読みしていた。本当はグラビア誌を読みたかったが、カエデに不意をつかれたときにグラビアアイドルの写真を眺めていたら格好が悪いと思って諦めた。

「お腹減ってる？」

シンプルなジーンズにタイトな白いTシャツ、黒のライダースジャケットを羽織ったカエデが言った。すでに牛丼屋で夕食を済ませていた僕が空腹でないことを伝えると、

「じゃ、カラオケでもしよっか？」

と提案してきた。特に断る理由もないので同意し、カエデの先導で近くのカラオケ店に入った。カエデはカクテルを僕はジントニックを注文し、小一時間ほど2人で交互に歌い続けた。

「もうこんな時間だね」

気がつくと、11時を過ぎていた。

「そろそろ帰る？」と聞くと、カエデは急に悲しそうな顔をして黙ってしまった。

「どうしたの？　具合でも悪い？」

「……楽しいからヒロピーともっと一緒にいたいのに、終電がなくなっちゃう。わたし、タクシー代がないから帰らなきゃって思ったら、悲しくなってきて…」

「じゃ、タクシー代払うからもう少し一緒にいる？」

僕がとっさにこう言うと、カエデはうれしそうに、

「ありがとう！　ヒロピー大好き！」

と言って、お店でやったように僕の右腕を抱き締めてきた。夜も更け酒もけっこう回っ

ていた僕に下心を抱かせるのに、彼女のリアクションは100点だった。

8

入店から2時間半——僕とカエデはグラスを5杯ずつ空にしていた。2人とも20分以上歌っていない。カエデは僕の右肩にもたれかかるように身を預けながらボーッとしていた。加えて、彼女の両手は僕の右手を握っている。男として、この後の展開を想像しないわけにはいかない状況だ。

気まずさと恍惚が入り交じった時間にのみ込まれていた僕を現実に連れ戻したのは、カエデだった。

「ヤバい……そろそろ帰らなきゃ」

僕の肩から身を起こしながらカエデが言った。

「うん、そうだね……。明日は早いの？」

「ママが病院に行くから、それに付き添ってあげなきゃならないんだ」

カラオケ店の会計を済ませて、カエデにタクシー代のつもりで5000円札を渡すと、彼女は申し訳なさそうに5000円札を眺めている。

「どうしたの？　早くタクシーに乗って帰りな」

僕がそう言うとカエデは、

「ごめんね、これじゃ足りないの…」

いくら必要なのか尋ねると、

「5万円…」

驚く僕にカエデはこう言った。

「私の実家は静岡の浜松だから……」

朝イチの新幹線で帰ってもよいのだが、それだと午前中の母親の病院の予約に間に合わないらしい。僕は驚きと虚脱感から、機械のように深夜のコンビニに入ってATMで5万円を出金して無言でカエデに手渡した。

「ごめんね……お金遣わせちゃって…。でもヒロピーと一緒にいたかったから…」

9

カエデとカラオケに行った日、社会人1年目には痛すぎる出費を強いられた。

キャバクラで支払った料金は〈6000円(60分のセット料金)+3000円(ハーフ延長料)+2000円(カエデの本指名料)+4500円(カエデのドリンク代=1500円×3)〉の合計1万5500円に税と店独自のサービス料で計25%が加算され、

最終的に支払った金額は１万９３７５円だった。カラオケ店では１万１２４２円。

合計３万６１７円にカエデに渡したタクシー代５万円を加算すると、一晩で約８万円の出費となった。カエデからは翌日の夜、ＬＩＮＥにこんなメッセージが届いた。

『ヒロピー、昨日はほんとうにありがとうございました💦 もう、東京に戻って来たのでまたお時間あるときに会いに来てくださいね❤』

僕はカエデが本当にタクシーで浜松に帰ったとは信じられなかった。東京から浜松まで深夜料金のタクシーで行くと、５万円どころか10万円近くかかるはずだからだ。

カエデは僕から5万円をせびることが目的だったのか？　だとすると、アフター（店が終わった後にデートすること）に誘ったのもそのためだったはずだ。つまり、カエデは僕に好意を抱いていなかったという結論になる。やられた……。

散財を嘆くというよりは、自分の不覚を呪った。僕は被験者に実験を施す立場であって、実験を施される立場ではないからだ。おそらくカエデは僕に使った手口を実験によって確立していて、今回も手順に従って僕をハメたに違いない。敵ながらアッパレだった。

カエデの実験は、最後の瞬間まで僕を楽しませてくれたのだから。

10

カエデとの夜から1週間考えた僕は、次のような仮説を立てた。

・キャバクラは巨大なラボ（実験室）であり、キャバ嬢はすべて被験者になり得る。

・キャバ嬢（被験者）も一人の女性であるため、ラボで確認した成果は一般の被験者（キャバ嬢ではない女性）にも応用ができる。

その日から、僕は〝キャバクラ博士〟の道を歩み出した。

まず、3か月の間に自宅のある吉祥寺を根城に六本木、錦糸町、中野、新宿の各地に拠点となるキャバクラをつくることにした。週に2回キャバクラに行き、残りの5日は考察やデータをまとめたり、店外実験（デート）に充てる。

お店で使う1回分の予算は1・5万円を上限とした。月に12万円かかる計算だ。僕の給料の手取りは約24万円で、学生時代から暮らす吉祥寺のワンルームマンションの家賃が月に8万円。どう考えても初月から破産してしまうだろう。

そこで僕は一計を案じた。祖父に研究資金を援助してもらうのだ。茨城でメロン農家を営む母方の祖父はちょっとした資産家で、一人娘である母とたった一人の孫である僕を溺愛している。僕は休日に茨城の祖父のもとを訪ね、キャリアアップのために英会話などの勉強がしたいと告げ、月10万円の援助を申し出た。案の定、祖父は目を細めながら資金援助を快諾してくれた。

研究資金の問題がクリアできたので、さっそく僕はキャバクラ通いに精を出すようになった。1か月後、拠点となるラボが決まった。六本木にしてはリーズナブルな『R』（カエデと出会った店）、セット料金が50分で3000円と破格な中野の『K』、地元である吉祥寺の『S』だ。これら3店舗に加え、新宿と錦糸町のラボを予備とした。このエリアには特定のラボを設けず、気になる店があったら入ってみることにした。

実験開始から3か月——研究費はやや上振れしているものの、祖父の資金援助があるため許容範囲だ。僕は拠点のラボをベースにキャバクラ通いを続け、21名の被験者候補を獲得することができた。ただ、ここで大きな壁にぶつかる。キャバクラ嬢は出入りが激しいことと、自分が〝その他大勢の客〟の1人である場合、LINEの返信が来なかったり、返信が来てもおそろしく遅いのだ。何か方策を考えなければならなかった。

僕が考えた打開策は、「とにかく大量の被験者候補をかき集めてから、それをふるいにかけて選別し、5〜10名程度の被験者を得る」というものだった。

こう決めて以降、僕は基本的に全員とLINEの交換をするようになった。一般の女の子とLINEを交換するのはハードルが高いように感じるが、キャバ嬢は別だ。

「LINE交換しようよ」

と言えば、ほぼ応じてくれる。向こうから「LINE教えて♥」と言われることも多い。

ただ、それできちんとやり取りできるかと言うと話は別だ。さっき言ったように、メッセージが返って来なかったり、返信が来ても恐ろしく遅い場合がほとんどだからだ。

きちんとメッセージのやり取りができる女の子だけを被験者に格上げするようにしていたが、まだ数名しか集まっていなかった。被験者に認定した女の子と被験者になりそうな有力候補の女の子に関しては、年齢、血液型、趣味、出身県、家族構成、専業と兼業の別（彼女たちは「昼職」と呼んでいるが、キャバ嬢はOLとして働いている子も多い）などを表計算ソフトにまとめて、データベースを作っていた。

その年、僕はハロウィンもクリスマスもラボで過ごした。サンタのコスプレをしてはしゃぐキャバ嬢との時間はそれなりに楽しかったが、年の瀬だというのに上質の被験者の絶対数を確保できていないことに軽い焦りを感じていた。

新年は1人暮らしの部屋で迎えた。昼過ぎに起きて夕方までぼーっとしていたが、八王子の実家から「正月くらい顔を見せろ」という電話がかかって来たので、身支度をしていると、スマホの通知が数十件入っていることに気が付いた。

『あけおめ😃　ことよろです！　麗奈』

『去年はいっぱい　会いに来てくれてありがとう❤　今年もたくさんお話ししようね』

『ひろくん、あけおめ！　瑠香だよ！』

キャバ嬢からの営業ＬＩＮＥだった。どれも似たような文面だったが、毎回指名している被験者の子のメッセージには僕の名前が入っていた。

と、ここで僕はある仮説を思いついた。

・普段は返信が不誠実なキャバ嬢だけど正月は営業ＬＩＮＥの強化月間なので、メッセージのやり取りがスムーズなのではないか。

・ＬＩＮＥは交換したけど会話が盛り上がらなかったのでメッセージを送れずにいた子にも、新年の挨拶ならばメッセージを送っても不自然ではないのではないか。

気がつくと僕は、ＰＣに保管した被験者候補のデータベースで確認しながら一心不乱にキャバ嬢に返信したり、メッセージが届いていない子に新年の挨拶を送りつけていた。

母親から怒りの電話が来たのは午後8時のことだった。いつになったら顔を出すのかという催促だった。母親には仕事でちょっとトラブルがあったとごまかすと、あなたの会社は正月も働かせるだの、ブラック企業なのではと小言を言われたので、面倒くさくなってようやく家を出た。

実家へ向かう電車は正月ということもあり閑散としていたが、初詣帰りとおぼしきカップルや家族連れの姿が目についた。実家に着いてコタツに入り、おせちをつまんでいると、ＬＩＮＥのメッセージがどんどん届き始めた。

『あけおめ！　お店ではあまり話せなかったので今度ゆっくり♥』

ひとつ気になるメッセージもあった。

『ヒロピー！　あけおめ。ご無沙汰しています💦　またお話ししたいな…』

カエデからだった。あの日以来、カエデとはギクシャクが続いていた。店に行っても指名を避けていたが、店側のローテーションでたまに席につくこともあった。カエデによい印象はなかったけど、一応、スタンプを返しておいた。

11

仕事始めは1月6日だったが、さっそくその日、ラボに顔を出した。正月にLINEしまくったおかげで、被験者候補が爆発的に増えていた。LINEに登録されたキャバ嬢は67名となり、そのうち『今度ごはん行こう♥』など、ラボ以外での実験が期待できる子も22名を数えた。なるべく多くの被験者を確保したい僕にとって、幸先がよかった。

　この日に行ったのは中野の『K』だった。気になる子がいて、正月のLINEのやり取りで6日から出勤すると知っていたからだ。名前は詩乃《しの》。本人は源氏名ではなく本名だと主張していたからそうなのだろう。

・キャバクラにおいて本名と源氏名を把握することは重要だ。

名前にはその人の行動や性格を左右する魔力がある。一郎と名付けられた長男は責任感が強く真面目な性格になる傾向があるとされる。こうした現象は、社会学的には「役割期待」という概念で説明ができる。女性ならば少々古めかしく「○○子」と名付けられると、保守的に育つことが多いという。

詩乃という名前は古めかしくもあり今風でもあるため、なかなか判断が難しいが、僕は一応、「芯が強く目標に向かって努力するタイプ。恋愛や性に関しては、心を許した相手には積極的になる」と分析しておいた。

源氏名は本名に息苦しさを感じている人が無意識に「こういう自分になりたい」という潜在的な願望を込めたものか、「(キャバクラでは)こういうキャラでいく」と自分に仮面をかぶせたものか、そのどちらかだろう。したがって、本人の性格は源氏名から受ける印象とは真逆であるケースも多いということだ。

僕が詩乃に興味を持っている理由は簡単だ。容姿が好みなのだ。身長は160cmに届かないくらい。黒っぽいドレスを着ることが多く、V字に開いた胸部からはハリのある胸の谷間が顔をのぞかせている。僕は本来ギャル好きだ。詩乃は黒髪のロングでギャルメイクでもなかったが、それはそれでよかった。

詩乃は人気があり、彼女目当てで店に来る客も多かった。この日は誕生日が近いということもあり、彼女を指名する客が目立った。

「お正月は、LINEありがとう♥」

詩乃は僕とメッセージをやり取りしたことをきちんと覚えていた。

「詩乃ちゃんのことはずっと気になっていて、一度ゆっくり話したくって……。そうそうもうすぐ誕生日なんでしょ」

「え〜うれしすぎるんですけど！　詩乃もかっこいい人がいるなってずっと気になってたの。ヒロトさんだよね。うん、1月10日が誕生日なの」

回り道せずに、いきなり好意を持っていることを伝え会話を急いだのには理由があった。僕の他にも詩乃を本指名している客が目立ったからだ。キャバ嬢は本指名がかぶると、時折席を外して他の客のもとに行ってしまう。詩乃は人気嬢だった。

僕の席について15分で詩乃は奥に座る中年男性の席に移動した。

「ごめんね……。すぐ戻るからちょっと待っててね」

詩乃がいない間は入店間もないという新人の女の子がついた。どことなくあどけなさが残っており、聞けば大学2年生だという。

一応、彼女ともLINEを交換しドリンクを一杯ごちそうして、データベースに入力するための情報収集をしていると詩乃が帰って来た。

「ごめんね〜。お待たせしました。あ〜！　ヘルプの女の子とLINE交換していたでしよ。ヒロくんは浮気性なのかな～」

僕の水割りにウイスキーを足しながら、詩乃が言う。席を離れる前までは「ヒロトさん」だったのが、気づかないうちに「ヒロくん」になっていたのはさすがだった。

詩乃が中座している間、客から小さな手提げを手渡されていたのを僕は見逃さなかった。

「さっき、お客さんに何かもらっていたよね？　誕生日のプレゼント？」

「そうそう。誕生日の日は来られないからって。ありがたいです」

「僕もお近づきのしるしに何かプレゼントしたいんだけど、何が欲しいの？」

こう聞くと詩乃は、

「ホント？　うれしい！　わたしね、カルティエの指輪が欲しいんだ」

その場でスマホでカルティエのページに飛び、商品リストを出して詩乃に見せると。

「これこれ！　このシャンパンゴールドのやつ。超かわいくない？」

僕は指のサイズを聞き、詩乃に指輪を贈ることを約束した。

12

1月10日、詩乃の誕生日の日。会社の帰りにカルティエに寄ると、インバウンドブームのせいか、日本人よりも海外からの観光客の姿が目立った。

詩乃から指定されたのは9万8000円の指輪だった。目当ての商品はすぐに見つかった。10万円近い出費は痛かったが、冬にボーナスが出たので特別な研究資金として捻出することにした。クレジットカード一括払いで会計を済ませて店員から小さな手提げに入った商品を受けとった瞬間、僕の脳のシナプスが電撃的につながり、あのときの光景が鮮烈に浮かび上がってきた。

それは先日訪れたラボの光景だった。僕と同じく本指名をした客の席についた詩乃が受け取った手提げが、たった今店員から手渡されたものと寸分違わぬことに気づいたのだ。ひょっとすると……ある仮説がひらめいた僕は、店員に指輪に刻印を入れられるか尋ねた。

「お買い上げのお客様には無料で刻印をお入れしますよ」

店員から説明されたので僕は、

「では……〝H to S〟と入れてください」

と頼んだ。Hはヒロトの頭文字で、Sは詩乃の頭文字だった。2日後の納品になるとのことだったので、誕生日には間に合わない。急遽、僕はその日、詩乃に会いにラボに行くのを取りやめ、新たな実験に着手することにした。題して**《誕生日の指輪》実験**。

土日を挟んだため、4日遅れで詩乃の誕生日を祝いにラボに顔を出した。刻印を入れた指輪も持参している。

「うれしい！　ありがとう！　今度絶対つけてくるからね」

プレゼントを渡すと詩乃は大きなリアクションで喜び、僕に肩を寄せて手を握ってきた。

カエデにやられたのと同じ感じ。やはり悪い気はしない。

1週間後、開店直後のラボを訪れた。入店時に詩乃を指名していたので、僕がボックス席に座るのと同時に彼女も姿を見せた。

「ほら〜見て！　これ、超かわいくない？」

詩乃の左手の薬指に僕が贈ったカルティエの指輪がはめられていた。同系のシャンパンゴールド色のネイルと相まって、確かによく似合っている。

「ホントだ。かわいいね。ちなみに材質は何かな？　ちょっと調べたいから、外して見せてもらえる？」

僕がこう言うと、詩乃は指輪を外して渡してくれた。

「う〜ん、プラチナかな？　シルバーかな？　そうだ、リングの後ろ側に書いてあるかもしれない」

こう言いながら、リングの内側を探った。ない！　H to Sの刻印が見当たらないのだ。やはり……そうか。僕は自分の立てた仮説が証明されたことに手応えを感じると同時に、してやられたと思った。

「どう？　材質分かったの？」

「ああ、多分……ホワイトゴールドかな。とにかく、よく似合っているよ」

リングを詩乃に返すと、僕は水割りをグラスの半分ほど一気に飲んだ。

「喉渇いていたの？　わたしも一杯いただいていい？」

詩乃のグラスが届き2人で乾杯しながら、僕は実験結果を頭の中でまとめていた。
・プロフェッショナルなキャバ嬢は、客に誕生日プレゼントをねだる際、すべて同じ商品に統一する。商品はブランドの指輪などの装飾品やブランドの財布、バッグが多い。
・同じ商品を複数もらうが、自分で使用するのは1つで、残りは質入れしたり転売サイトで「未使用品」として売却するのだろう。
・みな同じ商品をプレゼントしたので、キャバ嬢はその中の1つを身に着けていれば客は自分のプレゼントだと思い込む。
実に鮮やかな手法だ。詩乃は浮世離れし過ぎていて僕の手には負えない。《誕生日の指輪》実験以降、僕の詩乃への関心は急速に薄れていった。

13

彩香《さやか》に出会ったのは、キャバクラ通いを始めて1年と少し経った梅雨時だった。

この頃の僕は自宅のある吉祥寺の『S』や詩乃のいる中野の『K』には月に2度ぐらいしか通わず、もっぱらカエデのいる六本木の『R』をメインのラボとして使用していた（表計算ソフトには「ラボR」と記載していた）。僕がラボRに足しげく通うようになったのは、この店が一番女の子の入れ替わりが激しかったためだ。何度も同じ店に通っていると、ほとんどの子と顔見知りになってしまい、なあなあの関係が生まれる。今さら実験に誘おうにも気恥ずかしいため、単におしゃべりしておしまいというケースが多くなってくる。

僕はキャバクラというラボで恋愛のための実験を行っているわけで、女の子とおしゃべりしたりお酒を飲みに行っているわけではない。その点、ラボRは都合がよかった。

被験者になり得る子に出会えるのは確率論なので、女の子の出入りが激しいラボRは最適な場所だといえた。また、一杯食わされてから疎遠になったカエデの有効活用法も発見した。彼女は小悪魔的で性悪なプロのキャバ嬢だ。年齢はまだ22歳だが、18歳から働いているので経験豊富だった。僕は彼女を〝助手〟として利用することに気が付いたのだ。

カエデの利用法はこうだ。僕が気になる被験者候補を発見したとする。あるいは、実験を仕掛けようとしている被験者がいたとする。そういうときはカエデの出番だ。彼女はラボRに長く在籍しているため、店では店長やボーイはもちろん、ほとんどの女の子と顔見知りで事情通なのだ。

実験の事前準備として、カエデから被験者のプライベート情報を聞き出すことが僕の日課となった。本人もそれを心得ているようで、情報収集の際に本指名すると、自分から「それで……今日は何が知りたいの?」と聞いてくるようになった。

カエデは実に優秀な実験助手だった。彼女のアドバイスで一番有益だったのは、以下の仮説だった。

・キャバクラは、一年のうちでGW明けから6月中旬までが、新人の子と仲良くなりやすい時期である。

キャバクラにはそれ一本で生活している専業も多いが、大学生やOL、昼間に別のバイトを掛け持ちしている子も少なくない。中には保育士や看護師もいるとのことだった。こうした兼業の子は、新学期や新年度が始まる4月に学生やOLとしてデビューし、さまざまな事情から新しい環境に慣れたGW明けに大量にキャバクラの面接に来るのだそうだ。だから、GW明けから6月中旬までは店には新顔がわんさかいるのだ。カエデのアドバイスをもとに、この時期は週2ペースを週3に増やしてラボを訪れるようにした。そこで、出会ったのが彩香だった。

都内の服飾系専門学校に通っているという彼女は、僕から言わせれば見た目100点のギャルだった。最初、フリーでついたときに一目惚れしてしまい、それ以降、本指名をしてあらゆる角度から彼女をリサーチした。

その中で僕が注目したのは、彩香が好きだと言うYouTuberの情報だった。

「あたし、ピロピロ丸が大好きでね！　毎日見てるの」

ピロピロ丸を知らなかった僕は軽く聞き流したが、偶然にもこのときの態度がのちのち実験に生きてくることになる。

僕は帰宅してPCを開き、その日の彩香のメモをまとめながら、被験者のデータ収集の一環としてピロピロ丸の動画をスマホで流してみた。動画の内容はコンビニの新商品をレビューしたり、新作ゲームの実況をするという、いかにもなものだった。

ピロピロ丸は20代前半で中肉中背。髪形は僕と同じツーブロックのミディアムで、目元が分からないようにSMの女王様がつけるようなアイマスクをしていた。ここで、僕はあることに気が付いた。おそらく、僕はマスクをすればピロピロ丸にそっくりなのだ。心なしか声色も似ているように思った。試しにスマホでピロピロ丸の挨拶、「みんな〜ピロピロしてる⁉︎」を叫んでみると、我ながらびっくりするくらいウリふたつだった。

これは使える！　そう確信した僕は、急遽《正体はYouTuber》実験を書き上げた。
・自分の正体は相手が熱心に視聴するYouTuberであると伝える。
・相手は否が応でも自分に興味を抱くことになる。
・撮影現場を見せてほしいなどと言われたら、会社にバレたくないので秘密だと断る。

ほとんど投資がいらないうえ、大きな効果が期待できる。ローリスク・ハイリターンの優れた実験だろう。ピロピロ丸のチャンネル登録者数が10万人ちょっとなのも絶妙だ。それ以上の人気YouTuberの場合、高収入を疑われてリッチなデートや高価なプレゼントをねだられたり、万が一バレたときのハレーションも大きいからだ。

2日後、僕はラボRを訪れ彩香を本指名した。

「指名してくれてありがとう！　まだ入店1週間ちょっとだから、指名してくれる人なんていなくて」

30分ほど談笑したあと、僕は実験を開始した。

「彩香ちゃんさ、ピロピロ丸が好きだって言ってたじゃん。会ってみたくない？」

「えっ！　超会いたい！　ヒロトくん、知り合いなの？」

「まあね……知り合いって言うか……まあ、知り合いかな（笑）」

思った通り、彩香はエサに食いついてきた。

14

彩香の学校が休みでキャバクラのバイトもないという土曜日、僕は彼女とディナーを取り付けた。その場でピロピロ丸に会わせてあげるという約束だった。

午後7時に彩香は約束の店の前にやって来た。

「やっほー、ヒロトくん！　あれ、ピロさんは？」

彩香は憧れの人を前に何と呼ぶべきか考えたのだろう。「ピロさん」が、彼女なりの正解だったようだ。

「うん、少し遅れて来るって連絡が入っているから、先に食べていよう」

こう言って2人で店に入った。僕は荻窪駅からほど近い小綺麗な洋食ダイニングの個室を予約していた。まだ19歳になったばかりで酒が飲めない彩香はウーロン茶、僕はビールと2人でつまめる料理を何品か注文して、ピロピロ丸の登場を待った。

「ねー、ヒロトくんとピロさんはどういう知り合いなの？　教えてよ」

シビレを切らした彩香がしつこく聞いてくる。

「う、うん……もうすぐ本人が来るから直接聞けばいいじゃん」

もったいぶる僕。当然、主役はやって来ない。追加の料理を注文し、店の名物だという魚介たっぷりパエリアとハーブの香り漂うひと口ステーキをオーダーしたところで、彩香は僕に疑惑の目を向け始めた。

「ねーねー、全然来ないじゃん。本当は知り合いじゃないんじゃない。おしぼりだって、2人分しか用意されていなかったし……」

「いや、必ず来るよ。その前に……彩香ちゃんは秘密を守れるタイプ？」

「えっ、あたし超クチ堅いよ。有名人の正体をバラすわけないじゃん！」

少しむくれながら彩香が言ったので、僕はいよいよ実験の仕上げに入った。

「実はさ、ピロピロ丸はもう来てるんだよ」

「えっ、どういうこと……別の席にいるの？」

彩香の質問を無視して、僕は持参したショルダーバッグのチャックを開け、中からおもむろに女王様風のアイマスクを取り出すとそれを顔につけて、こう叫んだ。

「みんな〜ピロピロしてる⁉」

あっけにとられる彩香は、数秒の沈黙のあと叫んだ。

「えーーーっ、ヒロトくんがピロピロ丸だったんだ！」

僕はマスク越しににっこりうなずきながら実験の成功を確信した。


彩香との交際はその日のうちにスタートした。憧れのYouTuberを射止めたと信じている彼女は誇らしいようで、デート中は自然と人目を避けるように行動してくれた。

「あーでも、ホントうれしいな。まさかピロトくんがあたしのカレシになるなんて」

ピロピロ丸の名前は「ヒロト」から取ったとでまかせで言ったら信じてしまい、それ以降、僕の名前は「ピロト」になったらしい。彩香はデート中にアップされる動画のどこが面白かったか、次に撮影予定の動画はどんなものかと何度も聞いてきたが、交際中はYouTube

の話はしないというルールを決めたので、僕は基本的に何も答えなかったが、交際から3か月が過ぎた頃、異変が訪れた。ピロピロ丸が自分の動画内で、美容系女性YouTuberとの熱愛を告白したのだ。以降はコラボ動画が増えていくという。

ピロピロ丸は月曜日と金曜日の週2回、午後8時に動画を更新していた。なりすまし犯の僕は、なるべく更新された瞬間にチェックすることを日課としていたが、この日は不覚にも初めて入ってみた錦糸町のラボで被験者探しの最中だった。9時過ぎに店を出たあと、スマホを見ると彩香からのメッセージが3件入っていた。

『動画見たよ　ひどすぎる…』

『あたしのこと騙してたのね』

『サイテーの男だね　死ね死ね死ね』

彼女の怒りはもっともだった。僕は原稿用紙2枚分はあろうかという長文の言い訳メッセージを返したが、その日に返信はなく、翌日のお昼前にこんな返信が来た。

『もう二度と会いません　店でも話しかけないでください』

15

社会人になって2度目の正月を迎えた。僕は相変わらず、ラボに通って被験者を見つける日々だった。彩香はほどなくして店をやめていた。僕のせいなのかもしれないと思うと、少し心が痛かった。

正月は昨年もやった《大量ＬＩＮＥ》実験で有力な被験者候補を選定しながら過ごした僕は、年が明けると拠点のラボ以外を流すようになっていた。

女性は誰でも母親の本能を持っており、これを刺激されると異性に対して心を開くという仮説のもとで行った《母性本能》実験は、ラボRの近くのいちげんの店で実行した。
・幼い子供のようにアイスをなめながらキャバクラに入店すれば、女性は母性本能をくすぐられ、潜在的に僕を好きになる。
シンプルな仮説だが存外自信があった。ただ、結果は散々なものだった。

「冬なのに寒くないの〜？」

キャバ嬢のリアクションはこれくらいで、〝変な客〟というレッテルを貼られてしまったのか、会話もチグハグで盛り上がらなかった。トドメは会計時のボーイのひと言だ。

「当店は、飲食物のお持ち込み代として３０００円頂戴しています」

自分自身の恋愛傾向を把握するために「人は同時に何人愛せるのか」――という命題のもと、《合わせて愛情１００％リアル大奥》実験も行った。

・恋愛エネルギーが１００％あるとして、これを振り分けることは可能なのか？
・１人の女性と交際した場合、その人に１００％の愛情が向かうならば、２人であれば50％ずつ、５人であれば20％ずつのエネルギーの振り分けになるのか？

GW明けに訪れる「キャバクラの黄金月間」中に選定した被験者候補にアプローチし、梅雨明けを待たずに5名と店外デートを重ねて交際に発展した僕は大忙しとなった。

土曜日の午後3時に中野のラボKの昼職が歯科衛生助手の被験者とデートして、午後9時からは吉祥寺のラボSの昼職はパン屋の店員とバーに……（1日に2名の被験者とデートすることを「ダブルヘッダー」と名付けた）。

翌日の日曜日は昼過ぎからラボRの被験者と映画鑑賞して早めの夕食。週が明けて火曜日には同じくラボRの子と焼き鳥屋で食事してから同伴出勤。翌、水曜日は数回行ったことがある錦糸町の店で意気投合した大学生の被験者とイタリアンで夕食（食事のあと、この子とは同伴出勤をせずにカラオケでオールした）。

僕の生活は壊れ始めていた。会社で居眠りをしてしまい上司に注意されたし、急激な出費で研究資金も尽きようとしていたので、ボーナスで返すと約束して母親に30万円を借りることになった。

5人の女性を同時に等しく愛せるのか——僕は、エネルギーが全部吸い取られてしまうような猛暑と毎日旅をしているような浮遊感が入り交じった不思議な夏を過ごした。

実験結果は、まったく予測しないものだった。仮説は完全に否定されたとも言える。

僕は同時に複数の女性と恋愛することはできないようだ。できる人もいるのかもしれないけど、僕には無理だった。100%の恋愛エネルギーの均等振り分けは机上の空論に過ぎなかった。僕は錦糸町の店で獲得した大学生の被験者と恋に落ちた。すると不思議なことに、他の4名の被験者とは自然と疎遠になっていった。

最初は20%ずつ振り分けていた恋愛エネルギーが、次第に1人に40%が集中して残りの4人は15%ずつになってしまったり、錦糸町の店の子と恋をしてからは、その子に90%の情熱が振り分けられてしまい、他の子は10%の燃えカスから均等配分されたからだ。

これから恋愛に発展する可能性を秘めた最小のエネルギー（相手側も潜在的な恋人として認識してくれる熱意）は、15～20%必要だという結論だ。

個人差はあるだろうが、恋人や妻がいても男が浮気をするのは、パートナーに対する熱量が85%を割ったタイミングなのだろう。

同時多発的な恋愛実験は想像以上に僕の心と体、それと財政状況に大きな痛手を負わせた。一時燃え上がった大学生の被験者との恋もハロウィンの前には終わりを迎えたし（やはり学生と社会人の恋は難しい）、貯金も底を突いた。

僕は恋愛実験の博士としてスランプに陥っていた。

相変わらずラボには通っていたが、いまいち研究には身が入らなくなっていった。

僕はふと、5万円をせびられた日以降、実験助手としてひそかに存在価値を見いだしていたカエデを訪ねてみた。

カエデを本指名して着席すると、すぐに彼女がやって来た。

「あ〜ヒロピーだ！　久しぶりじゃん！」

「ご無沙汰だったたね。なんか急に話したくなって」

僕がこう言うと、カエデは何だかうれしそうだった。

「それで今日は、何の用なの？　まさか、また私とデートしたいとか（笑）」

最後の質問には答えず、こう切り出した。

「……僕はなんでモテないんだろう？」

爆笑されると思ったけど、カエデは真顔でこう言った。

「楽しそうじゃないからだよ、ヒロピーは…」

楽しんでいない？　僕は実験のためにキャバクラに通っているが、それは女の子が好きだからだ。店でもそれなりに楽しんでいるつもりだったので意外だった。

「話していても心がないっていうか。別のこと考えているのがバレバレなんだよね。わたしとデートしたときだってそう。お酒も入ってて途中まですっごく楽しかったのね。前のカレシとか店の面倒くさいこととか忘れられて、久々癒やされる〜って思ってたの。でも、ふとヒロピーのこと見たら、隣にいるのに一緒にいないの。わたしの知らないところにいて、それで夢から覚めちゃったんだよ…」

あの夜、カエデがこんなふうに僕を観察していたことを知ってシンプルに驚いた。自分以外の女の子はみんな被験者だと考えていたのは僕の傲慢だった。実験する側も同様に、被験者から常に観察されていたのだ……。こんな当たり前の事実をカエデから伝えられ、僕は少なからずうろたえた。

「カラオケ屋さんでヒロピーの肩にもたれていたとき、このまま一緒に眠りたいなって思ったの。でも、ヒロピーは楽しそうじゃなかった。だから、わたし、タクシー代もらって帰ろうと決めたんだ。分かってたと思うけど、本当は実家になんて帰ってないよ。ごめんね、嘘ついいちゃって」

カエデは5万円事件の犯行を自供した。だからこそ、その言葉に嘘がないのが分かった。僕はなんてみじめな男なんだ。恋愛は実験なんかじゃない。恋愛は一方通行じゃない。

相手も自分で考えて行動しているんだ――。

17

店内にサンタコスプレイベントの案内が貼られた11月の終わり。会社帰りに1か月ぶりにキャバクラに行った。自宅近くにある吉祥寺の『S』だ。

冬の始まりは人恋しいのか、店は9時前だというのに混んでいた。本指名はせずにフリーで入った僕が席に座りボーッとしていると、数分で女の子がやって来た。

「こんばんは、お隣いいですか?」

顔を上げずに身をよじり、少し左側に詰めながらようやく女の子の顔を見て驚いた。

白いドレスを着こみ、黒髪になったセミロング、小さな光沢のあるピアスをつけた女の子は被験者①だった。

「水割りでいいですか?」

テーブルにはウイスキーと氷、数本の未開封のミネラルウォーターが置かれている。

「う、うん……」

水割りを作る被験者①の姿を凝視しながら、僕はどうやって声をかけるか思案していた。

「【被験者①】さんだよね……。久しぶり……」

そう声をかけると、彼女は水割りを作る手を止めて僕の顔を正面から見つめた。

「やっぱ、ヒロトくんだよね。驚いたーーー！　社会人してるって感じじゃん！」

大学時代はまだ幼さが残っていた奥二重の顔は、大人の女性の美しさへと変わっていた。

「そっちこそ、何してるの？」

「わたし、大学院に行ってて今、修士論文書いてるの。いつまでも親のすねをかじっていられないし、バイトしようにも時間が取れない。それで、短い時間で集中してお金が稼げるようにと先週からこのお店で働いてるの」

20分後、被験者①がボーイから交代を告げられたので、僕は彼女を場内指名した。

懐かしさも手伝い、2人であれこれ近況を話し合っていると時間があっという間に過ぎていったので、ワンセット延長を告げ被験者①のお代わりのドリンクも頼んだ。

「星空、ホント綺麗だったね……。わたし、あのあと……ヒロトくんと別れたあと、一人で行っちゃったもん（笑）」

被験者①が**《星空が見える場所》実験**で連れて行ったプラネタリウムの話をした瞬間、怒りや申し訳なさ、後悔、癒やし、楽しかった思い出……が一気に溢れ出した。

自分は今どんな表情をしているのだろうか——。見られたくなかったので、グラスで顔が隠れるように水割りを飲み干しながら、僕は、大学時代の小泉彩空《さくら》がデートのときにイチゴをどこから食べ始めたかを必死に思い出していた。

（了）

揺れる

アキトの物語

1

いつ自覚したかは思い出せないが、いつも純粋でしっかり者で、頭のいい〝君〟に惹かれていた。

そんな君にずっと片想いしていて、気づいたときには頭がいっぱいになっていた。

やっと両想いになれて幸せだったけれど、少しだけ苦しかった。


永遠――なんてこの世にはない。

下校中ふざけながら歩いた田んぼの畦道、夏祭りの帰りに好きな子とした線香花火、そして幼馴染み3人の友情。

代え難い時間だったけれど、**俺は変化を欲しがった。**

特に高校生の恋愛なんて青いんだし、俺も後先を考えない性格だ。でも、そんな俺のワガママが、俺たちの関係を崩してしまった。

どうでもいいことで俺がボケて、トモミがツッコむ、それをナオキが横で笑うお決まりの流れ。男2人と女1人の幼馴染みは、日常漫画のような平穏無事な関係だった。

付き合いは保育園のときから。ナオキとは隣同士の家で、俺らが生まれる前から親同士仲が良かった。トモミとは保育園と習い事が一緒で、自然と3人でつるむようになった。

小学校、中学校と、クラスが一緒だったり隣のクラスだったりした俺たちは、約束なんてしなくても一緒に登下校していたし、高校に上がってトモミが隣町の女子校に進学しても、帰る時間を合わせたり休みの日だったりと週に2、3回は会っていた。

夕立が明けて、湿ったコンクリートの匂いが鼻をくすぐる。

高校に入学して最初の期末テストが終わって、来週からは夏休み。トモミを拾って3人で帰路につく。

「や――、今回は赤点は数学だけだった、と信じたいんだけどな―」

赤点1つだったら上々だとつぶやく俺に、トモミがあきれたような顔を向ける。

「それ、本気で言ってる？　高校1年生の期末に赤点って相当怠慢じゃ……。あれ、次に赤点取ったらゲーム取り上げるっておじさん言ってなかったっけ？」

「んぇえ――……オヤジ、そんなこと言ってたかな……？」

「言ってました。あんた、『二度と取らないから大丈夫！』って大口叩いてたけど？　本当にもう！　3歳の頃から何も変わらないよね、他人の話をまったく聞かない性格。ナオくんもそう思わない？」

ナオキはこちらの反応を見て、ニヤニヤしている。眉にかかった黒髪が軽やかに揺れる。

「そうだね、無駄に言い返す度胸があるところも変わってないね。小さいときにスイミングで先生の話を聞かずにバチャバチャやって怒られて、『溺れたときの練習です』って反論したときはどうしようかと……」

「あーー、分かった！　分かったんで！　いつまでその話出すんだよ」

家も近所で親同士も顔見知り。日々の出来事に兄弟喧嘩の話まで、何でも話せた。お互いに知らないことは何一つない関係だったと思う。それこそ、小さいときは3人で一緒に風呂に入っていたくらいだった。

その〝幼馴染み〟の関係に、少しずつ変化が訪れ始めている。

「じゃあ、俺はトモミを家まで送っていくからさ」

「うん、それじゃまた明日……トモミも土曜にね」

（今日こそ夏祭りに誘うから。明日報告する！）

トモミに見えない位置から囁きかけると、ナオキは黙ってヒラヒラと手を振る。「頑張れよ」と言われたように感じて、俺はトモミを連れて丁字路を曲がる。

今考えてみれば、あのときナオキは俺たちの後ろ姿が見えなくなるまで見送っていた。

横目でなんとなく気がついていたけれど、照れくさくて見て見ぬふりをしてしまった。

トモミが好きな俺を笑顔で応援してくれているあいつの気持ちを酌んで、振り返って手ガッツポーズでもしてやったらよかったのかもしれない。

2

トモミのことは保育園の頃から好きだった。正確に言うと、スイミングスクールに通い始めた頃から。他の子と比べてひときわ色が白くて、大きな琥珀色の目。俺は俗に言う〝初恋の相手〟をずっと目で追っていた。

トモミは俺のことなんて、単なる幼馴染みとしか見ていなかったと思う。むしろ、大人びて背も高くて、バタフライが上手だったナオキのことが気になっていたんじゃないか。

俺は「ナオくん、ナオくん」と嬉しそうに話しかけるトモミを見るたびに、ナオキに変なライバル心を感じていた。

とはいえ、スポーツ万能で手足も長くて、顔も整っていたあいつに俺が勝てる要素なんてなかったんだけれど。

7歳、小学校2年生のときに思いがけない転機があった。

「トモちゃん、トモミちゃん!?　どうしたの！」

スイミングスクールで事故が起きた。トモミが溺れたのだ。詳細は覚えていないが、先生が見ていない隙に潜って遊んでいたのかもしれない。

「ど、どうしよう、はやく、はやく助けなくちゃ」

「アキト、先生呼んできて！」

「お、おう！」

パニックになり俺が声を上げることしかできない中、ナオキはプールの中に飛び込む。底に沈んでいたトモミを救い出そうと潜ったのだ。ナオキが悪戦苦闘しているのを見て、俺は我に返りビート板を片付けている先生を呼びに走った。

先生とプールサイドに駆け戻ったときには、ナオキが顔面蒼白になったトモミを引き上げていた。彼女の身体はプールサイドに横たわっていたが、片方の腕がダラリと垂れて水の上を漂い、動く気配がない。俺は思わずナオキを突き飛ばして、トモミの頬を無我夢中で叩いていた。

「おい！　おい！　しっかりしろ！」

「ア、アキト……？」

やがて、意識を取り戻したトモミの目に映ったのは……俺だった。

「ありがとう、ありがとう」と抱きつかれ、その日の夜にはお父さんまで家にやって来て、

「妻も亡くしたのに、娘まで居なくなったら耐えられなかった。本当にありがとうな」

と、カゴいっぱいのクッキーをもらったことは今でも忘れられない。このことがきっかけで、俺とトモミとナオキは、いつも3人で過ごすようになった。

俺はトモミの家族のヒーローになってしまったわけだ。

本当は自分が助けたのではない――言わなければいけないとわかっていたが、どうしてもトモミに言い出せなかった。我ながらダサくてズルくてどうしようもないけれど、俺が助け出したと信じている間は、トモミも俺を意識してくれるんじゃないかと思ったからだ。

ナオキにも、あの事故の真相は黙っていてほしいと頼み込んだ。

「ずっとトモミが好きだったんだ。お願い。協力してくれない？」

「……いいよ。君が好きな人のこと、僕が応援しないわけがないし」

ナオキはどこか傷ついたような顔をしていたものの、微笑みながら受け入れてくれた。

でも、翌週からナオキはスイミングに来なくなり、翌月には名簿からも消えた。ナオキの母さん曰く「プールで怖い思いをしたのが忘れられないから」らしい。勇敢に飛び込んだあいつがそんなトラウマを感じるなんて、と不思議に思ったが、聞かずじまいだった。

その後のナオキの様子に別段変化はなかったし、あのときの俺はナオキとトモミを思いがけず引き離してしまったことに、心のどこかでガッツポーズをしていたのかもしれない。

そこから、折に触れてナオキにトモミのことを相談するようになった。ナオキはいつも俺の話に嫌な顔ひとつせず耳を傾けてくれた。

俺たちは高校に進学した。頭の良かったトモミは県内トップクラスの進学校に入学した。隣町にあるバスで20分ほどのところにある女子高だ。それほど遠くもないし、家も近いから毎日は難しいけど普通に会える。

ナオキと俺は近所のいたって普通の高校に通っている。ナオキの学力ならもっと上を目指せたんじゃ？と聞いたら、「優秀な人の中で揉まれるより、アキトと学園生活を楽しんだほうが幸せかなと思って」と言っていた。こうして、高校生になってもバラバラになることはなく、俺たち3人の繋がりは途切れずにいた。

3

「来月のトモミの誕生日、何渡せばいいんかな？」

5月5日。高校生になって初めてのゴールデンウィークの3日目のことだった。彼女もおらず、予定もない俺はナオキの部屋に入り浸っていた。格闘ゲームでこっぴどく負けたくせに、ナオキは悔しがる様子もない。

「毎年毎年、同じこと聞くね。直接聞いたらどうなの？」

「本人に聞いて渡したらサプライズ要素がないじゃんか」

「サプライズ要素ね……スタバのドリンクチケットか図書券とかなら無難じゃない？」

「それじゃありきたりで楽しくない。トモミには何か……心に残るもの……そう、かわいいものが似合うと思うんだ」

ナオキは肩をすくめ、哀れむようにこっちを見る。

「アキトってロマンチストだよね。そこまで一途に思ってもらえるなんて、トモミも幸せだね。妬けちゃうな」

「からかうなって。お前も好きな相手がいたら同じ気持ちになるだろう」

むっとして反論すると、アキトは一口お茶を含み思案し始める。

「僕だったら……好きそうなアクセサリーをあげるかな。物だけじゃなくて、渡すときの雰囲気も大事にしたい。だから夜に渡してみるとか、ちょっとカッコつけてみるとか」

「いいね。前にトモミのお父さんから、最近アクセサリーに凝ってるって聞いたな。そっちの線でいってみるわ」

「いいと思うよ」

あとは渡すときの雰囲気か……。

「雰囲気が大事なのは分かるけど、そもそもトモミは現時点で俺のことを『元気なおバカ』と見てると思う。まずはそこを改革するわ」

「ほほう？」

「だから、サッカー部でベンチ入りできるように頑張るし、今年は赤点ゼロ……とまではいかなくても1つまでにする。美容室に行って、イメチェンもしようかな」

「ぶふっ」と抑えられなかったような笑い声が聞こえた。ゲームのコントローラーから目を上げると、ナオキはまだ笑い震えていた。

「笑ってごめん。あまりにも素直に考えていたから面白くて。高校生にもなったし、成長できたらいいよね。自信がついたら、そろそろ告白に踏み切ってもいいのかも」

「お、おう！　見とけよ！」


結局、トモミに想いを伝えられたのは3か月後の夏休み、8月のことだった。3人で過ごす時間があまりにも居心地が良くて、切り出すのに思ったより時間がかかってしまったけど、ついにトモミに気持ちを伝えることができた。

小さい頃から毎年3人で行っていた地元の夏祭り、だけど今年はいつもと違う。「風邪を引いたから2人で行ってきて！」と、打ち合わせ通りにナオキに送り出してもらった。

真夏だから日も長くて、夕方4時なのにまだまだ蒸し暑い。

トモミは水に漂う金魚をモチーフにした浴衣を着て、耳には去年の誕生日にあげた風鈴形のイヤリングがよく映えている。髪をアップにするなんて珍しいけれど、それもよく似合っていた。褒めてあげると「ええ～？」と、照れくさそうにその場で一回転してくれる。

2年前の誕生日にプレゼントした日傘も持参している。彼女はモノを大切にするタイプなのだろう。そういうところも、俺がトモミを好きな理由の一つかもしれない。

「いいよ、付き合おっか……」

答えをもらうまでの数十秒は永遠のように感じられた。

人混みを抜け、家に帰る前に公園に「少し話そうか」と誘い、ベンチで「付き合ってほしい」と伝えた。驚いたように大きく見開かれた琥珀色の目、夜風になびく淡いブルーの浴衣の裾。華奢なふくらはぎが見え隠れしているのに気がついて、俺は思わず目を逸らした。

「アキト、今日からは彼女としてよろしくお願いします」

心なしか震えた声に、俺は思わずベンチから跳び上がる。

「よ、よろしくお願いしまっす！」

「ふふ、何それ（笑）。ナオくんは大丈夫かな？　私たちのこと、嫌に思わないかな」

「……それは大丈夫だと思うよ。ちゃんと俺から伝えておくし」

「うーん、でもまだ言わないでおいて。恥ずかしいもん」

今までずっと相談していたからそれはないはずだと思ったが、彼女になって初めてのお願いだ。いったん聞いておこう。

「分かった。聞かれるまでは言わないでおくよ」

「そっか」と微笑むと、トモミは突然俺の頬にキスをしてくれた。心臓の音が一段飛ばしになった気がして、彼女の顔を凝視した。

「パパにも内緒にしよーっと。からかわれちゃうから」

自分から仕掛けてきたくせに、真っ赤になってそっぽを向くトモミ。愛おしさに思わず左手で彼女の右手を強く握りしめた。

トモミがもう一度俺の顔を見つめたところで、用意してあった線香花火の袋を取り出す。

「花火、やりませんか」

「急にどうしたの？」

トモミは目をぱちくりさせている。目の奥のヒマワリ形の虹彩がよく見えた。

「小さい頃、よく皆でやったでしょ。今日は2人でやりたいなと思って持ってきた」

これもナオキの入れ知恵なのは内緒だ。告白の雰囲気づくりってやつ。結局、花火をする前に先走って告白してしまったけど。

手で風よけを作り、ふたりの花火に火をつける。

赤い玉が膨れ始め、互いに息を潜める。玉から踊る火花が足元の砂を焦がす。

「線香花火って人生みたいだよね」

玉を落とさないように無言だったトモミがおもむろに口を開く。

「燃え始めて終わるまでにそれぞれ名前があるの。火の玉ができ始める『蕾』、火花が飛び始める『牡丹』、全盛期の『松葉』、おしまいに近づく『散り菊』。どう頑張っても最後には消えちゃうの。あっけない。でも、だからこそ綺麗なんだよね」

そう話すトモミのガラス製のイヤリングに、キラキラと花火が反射している。

俺は線香花火よりも手持ち花火のほうが派手に始まって派手に終わるから好きだけど。トモミが真剣な顔で花火を睨んでいるから、俺は遠慮なく横顔を見ていられる。だから、今日は線香花火のほうがいいのかもしれない。幸せすぎて、時間がこのまま止まってくれてもいいのに、なんてセンチメンタルなことを考えていた。

4

告白の結果について、ナオキから何も聞かれることはなかった。俺が黙っていることで玉砕したのかも、と余計な気を遣わせているのかもしれない。

しかし、付き合い始めて2か月が経ったある日、トモミとふたりで地元のショッピングモールにいるところを見られてしまった。声はかけられなかったが、バッチリ目が合ってしまった。もう黙っているのも不自然だ。トモミからもまだ秘密でと言われているので、少し迷ったが、さすがに隠しきれない。明日、白状しよう。

「ナオキごめん、一番に言うべきだったよな」

「いやいや、良かったじゃん！　おめでとう」

「ずっと友達だったからさ。なかなか言い出せなくて。トモミにも『恥ずかしいからしばらくは言わないで』って口止めされてたし」

昼休み、売店に向かう階段を下りながら弁解する。隣のクラスにいる俺たちが、平日にちゃんと会話できるのは昼休みか登下校中くらいだ。

「え、いつから付き合ってるの？」

「結局、2人きりで行かせてくれた夏祭りの日にコクったんだよね」

「それじゃ、もう2か月くらい前じゃんか」

地下の売店に着く。一番人気のカツパンが残り1つなのが見えて、互いに顔を見合わせて駆け出した。俺のだって！　ふざけ半分で一瞬揉み合いになったが、ナオキはすぐ袋を摑んでいた手を離した。

「ちぇっ。いいよ、ここは譲りましょう」

おどけて手をヒラヒラさせるナオキ。こいつは本当に人が良い、というか、大人だ。そういうところが、モテてきた理由なのだろう。なんで彼女をつくらないのか本当に不思議だ。

俺はカツパン、アキトは適当なおにぎりを買って中庭に出ていく。10月も下旬で、外で昼食を食べられる季節もそろそろ終わりだろう。ベンチに腰掛けて、さっきの話を混ぜ返す。

「俺とトモミの関係、お前は嫌じゃないよな？」

「なんで嫌なのさ。ずっと応援させられてきたじゃないか」

そう返すも、ナオキの顔からは感情が読みとれない。この顔をしているときのナオキは、どこか遠くの次元にいるようでなぜだか不安になる。急に何も話さなくなったナオキを、こちらに引き戻したくて肩を掴むと、思いがけず、ビクリと反応する。こちらを向いた顔が、いつにも増して真顔だった。

……？

夏はとっくに終わっていた。冷たく感じるくらい涼しい風がふたりの間を吹く。

「あ、ごめん。考え事してた。皆、大人の階段を上っていくなと思って。僕も変わらなきゃいけないかな」

「何言ってんだ、俺たちの仲は何にも変わらねえよ。今日は久しぶりに3人でトモミんちの喫茶店でも行く？」

「いいね、僕もトモミのお父さんにしばらく会ってないや。そういえば、付き合ってからはトモミの学校に迎えに行ったりしたの？　放課後デートってやつ」

思わずブンブンと手を振って否定する。

「ないない。一度興味本位で行ったらひどい目に遭った。生徒指導っぽい怖そうな先生が睨みを利かせてるし、生徒たちは好奇心丸出しでジロジロ見てくるしさ（笑）」

「ハハハッ、女子校って怖いな」

やっといつものナオキに戻ってほっとする。お昼を食べ終わった後は、今週末は3人で遊ぼうとか、互いの部活のことなどたわいのない話で盛り上がり、各々教室に帰って行った。

5

ナオキ公認――という安心感もあってか、俺は次第に「幼馴染み3人の時間」より「恋人の時間」を優先したい気持ちが大きくなっていった。

週2〜3回は3人で集まっていたのが、週1回、時には2週に1回のペースになっていく。俺とナオキが会う頻度も減っていった。

トモミと会う時間がもっと欲しかった俺は、ナオキを遠ざけてしまいたいという思いに駆られることもあった。

そんな気持ちだからか、付き合う前には「全面協力」してくれていたナオキの行動が、最近はむしろ「邪魔してきているのでは」と感じられることさえある。デートのタイミングで遊びに誘ってきたり、やけに放課後の俺たちの予定を聞きたがったりといったことが重なった。トモミはそう感じることはないのだろうか。

「最近のナオキ、俺たちの間に割って入ろうとしているような気がしない？」

「そう？　気にしたことなかったけど。たとえば？」

俺の考えすぎかもしれない。でも、どうしても気になってしまう。

「俺の誕生日もクリスマスも、ナオキが途中で合流してきたじゃんか。俺はトモミとふたりで過ごしたかったのに」

「毎年3人で過ごしてきたし、何も考えてないと思うよ。分かった、来年はふたりで過ごそうね」

俺の心配を、トモミは嫉妬か勘違いだと捉えたようだが、どうも胸騒ぎがしてしまう。俺とトモミの関係を本当は疎ましく思っているのではないか。

そんな中、またも引っかかる出来事があった。

〈アキト～、今日は一緒に帰ってそのまま僕の家に来る？　母さんが、晩ご飯最近食べに来ないね、って寂しがってたよ〉

帰りのホームルームの直前、ナオキからメッセージが来た。

〈スマン、サッカー部の試合が近くてさ。何時に帰れるか分からないのよ〉

〈そっかー、練習ガンバだな。試合、応援行くね〉

ピコン、とキャラクターが土下座するスタンプが届く。チクンと罪の意識に心が痛くなる。

――ごめん、ナオキ。今日はトモミと2人で過ごしたいんだ……！

小さい頃から両親が共働きだった俺は、いわゆる〝鍵っ子〟だった。ナオキの親が不憫に思ってよく晩ご飯をご馳走してくれていた。彼女ができた途端に疎遠になってしまうのは心苦しかったが、こればかりは許してほしい。

それから30分後。急いで着替えてトモミの家からすぐの公園に着くと、彼女はすでにベンチに腰を下ろして待っていた。

「遅ーい！　10分待った！」

「ごめんごめん。行こうか」

この日はトモミと付き合ってちょうど半年。どうしても俺だけで祝いたかったのだ。とはいえ、近所のショッピングモールでトモミの買い物に付き合って、モールの中にあるチェーンの喫茶店でケーキを食べるくらいのささやかなもの。バイトもしたことがないので、俺の少ない小遣いでは喫茶店でおごるくらいが関の山だった。

「おいしかったねー！　次はどこに行こっか」

「おう、海の近くの公園なんだけど。空港が近いから、飛行機が近くで見られるんだよね。自転車の後ろに乗せてあげるから、30分もせずに着くと思うよ」

「聞いたことある！　今日は晴れてるし日没も近いから、飛んでいる飛行機と日の入りが同時に見られるんじゃない？」

ぴょんぴょんとはしゃぐトモミを眺めていると、聞き慣れた声が割って入ってきた。

「あれ、2人ともこんなところで何してるの？」

振り向くと、そこには居ないはずのナオキが立っていた。私服を着た俺たちがこんなところに居るのだから、「部活で遅くなる」と言ったのが嘘だったことは察しているはず……でも、ナオキはそれには一切触れることなくトモミと話し込んでいる。

「アキトと夕陽を見に行くところだった！　ナオキ久しぶりだね。一緒に来る？」

「いいの？　その公園、雑誌にも載っていたよね。お邪魔じゃないならお供させてもらおうかな」

そんなことを言われて、ダメとは言えない空気になった。2人は俺そっちのけで話が盛り上がっている。内心、舌打ちどころかナオキにワンパン入れたいくらいだったが、俺が断るような状況でもない。結局、3人で行く流れになってしまった。

事前にモールの駐輪場に停めておいた自転車の後ろにトモミを乗せて、海岸を横目に夕陽を追いかけながら公園に行くという計画。日没時間だの景色が良くて近道のルートだの、3日間スマホと睨めっこしたのが一瞬でパーだ。

噂に聞く通り、夕焼けをバックにした飛行機は圧巻だったが、俺の心は曇天この上ない。

「学校から後を付けて来たのか」とナオキに詰め寄ってもいいのかもしれないが、親友より彼女を優先しようと嘘をついた俺が偉そうに言えるわけがない。

その代わりに「なんであそこにいたのさ？」と聞いてみる。

「いや、君もトモミも部活って言ってたからさ」

「お、おう」

「部活終わりにダべるところって、モールのフードコートしかないじゃない？　ちょうど本屋に行きたかったし、フラッと寄ってみたら遭遇したって感じかな」

そんなことで俺たちの半年記念の予定が狂ったのか。〝遭遇〟にしては、部活で遅くなるって言っておいたはずだし、明らかにおかしい。

まさか、嘘と見抜いていたのか――？　いや、そんなはずは……。

2人乗りした自転車に並走してペダルを漕ぐナオキ。トモミと何やら楽しそうに話していたが、風が強くて前にいる俺のところまで声が届かなかった。

彼氏は俺なのに、仲間外れになったようで気分が悪い。

トモミは無邪気に驚いているようだ。

「わぁ、フードコートにいるのバレてたか、ナオくん名探偵！　でも会えてよかったー」

「そう？　邪魔してしまったんじゃないかと今も気が気じゃないんだけど」

ナオキは心配そうに俺の顔色を窺っている。その表情を見ると、本当に偶然だったのかもしれない、と思えてきた。

「いや、大丈夫だよ。今日は楽しい一日だった」

トモミは嬉しそうだ。「ね！」と言ってまたナオキと楽しそうに話している。

そんな2人を見ながら何故か、小さい頃に、プールで華麗にバタフライを泳ぐナオキとそれを眺めていたトモミの姿を思い出していた。

トモミの物語

いつ自覚したかは思い出せないが、いつも優しくて紳士的で、何でもできる〝君〟に惹かれていた。

そんな君が、やっぱり大切な人だと気づいた。2人でいるときは3人でいるときには見せない表情を見せてくれるのがうれしかった。

だけど、気がつくのが遅かったみたい。

私が振り回したせいで、元あったものまで壊してしまった。

いつも何かに追われるばかりで、自分が何をしたいか、何が欲しいかを言うことができなかった。もっと早く言えるようになっていたら、こんなことにならなかったのかもしれない。

1

「はぁ〜……」

どうも今日はため息が止まらない。

高校2年生の冬。早々に日が暮れた街はクリスマスムード真っ只中だ。ショッピングモールの外壁に吊るされた赤と緑のオーナメントと、街路樹に巻きつけられたイルミネーションがバスの車窓から流れていく。

この時期が一年のうちで一番好きだ。景色を見るだけでワクワクするし、どこに行っても楽しい雰囲気が漂っている。でも、今日だけはどうもブルーな気持ちを拭えない。

模試が返却されて、過去最低点を目の当たりにした。どうもここしばらく成績も芳しくないけど、あと数か月もすれば嫌でも大学受験のことを考えなければならなくなる。年末年始はもうちょっと勉強するかぁ……。でも、アキトは独りにされたとスネるだろうな。

吊り革につかまりながら鬱々としていると、制服のポケットが小さく振動する。通知に〝アキトからメッセージ〟と出ているのが見えて、沈んでいた気持ちがフワッと上昇した。

〈おつかれ～　もう着く？〉

〈あと10分もあればバス停着くと思うよー〉

〈おけ！　今日もかわいい顔見れるの楽しみにしてやす！〉

いつもと変わらないテンションの高いやり取りに、思わず画面を見ながらニヤニヤしてしまう。どうしてアキトは息を吐くように「かわいい」と言えるのだろうか。

今日は3人で帰ってファミレスに行く予定だったけれど、ナオキに用事が入ったとアキトから聞いて、急遽2人でのデートになった。ナオキとも久しぶりに会えると思っていたから残念だったけれど、アキトとのデートも楽しいからまぁいいか。

またスマホが振動している。今度はナオキからだった。

用事が済んだから途中合流の話かな？　とメッセージを開いてみると、〈今日アキト部活らしくて1人なんだよね、久しぶりに一緒に帰る？〉と連絡があった。

あやつ、やりやがったな……。

〈え、この後会うけど？〉なんて送ると角が立つから、とりあえずアキトに話を合わせておくことにした。

〈ごめん、私も急に補習が入っちゃったから行けなくなるかも💦〉

〈そうなの、了解！　残念だけどファミレスは延期だね〉

〈来週末は空いてるから、また予定立てよ！〉

ナオキからのスタンプを確認して、そのままアキトとのトークに戻る。

なんで私までナオキに嘘をつかなければならいのか。勝手すぎるアキトの行動にひと言文句を言わないと気が済まなかった。

〈私に言ってないことありませんか〉

〈えー？　トモミのことが大好きって話？♥〉

〈ナオくん、アキトが部活だから今日の予定リスケになったと思ってるよ。今日はみんなでファミレス行くんじゃなかったっけ〉

〈あ、バレちゃった笑　ごめんごめん、週末のデートの前に会いたくなっちゃって〉

〈私も『補習』って誤魔化さなきゃいけなかったじゃん〉

〈おお！　話合わせてくれてありがとーー！〉

まったく響いていない様子に思わずため息。既読だけをつけてスマホをスカートのポケットに突っ込む。目測を誤ったらしく、スカートから滑り落ちたスマホが車内の床に叩きつけられた。金具の部分に当たったのか、画面から「ガチン」と嫌な音が聞こえてくる。

「あ、やば…」

慌てて拾い上げる。画面にスーッと一本ヒビが入ってしまった。

本当に今日は最悪すぎる。

ヒビが本体かフィルムか確認しているうちに、バス停が近づいてきた。すでにアキトは着いていたようで、こちらの顔が見えた瞬間、満面の笑みで風を切らんばかりに手を振っている。腹の虫が治らないので、バスのステップから降りるまで知らんふりをしてやった。

「お、つ、か、れ、さまーーー！　はいこれ！」

元気よく差し出された手には、チョコレートの詰め合わせが握りしめられている。

まったく悪気のない笑顔に、思わずこちらも間の抜けた声が出る。

「……何、これ？　どうしたの？」

「三丁目のほうにお菓子屋さんができたじゃん？　だから買ってみた。トモミ、甘いもの好きでしょ？」

「……うん」

「家で食べてみてよ。おじさんのお店のコーヒーに合うんじゃないかな」

怒りをぶつけてやろうと高ぶっていた気持ちが、急速に冷却されていくのを感じる。私は、お説教をする代わりにアキトの腕に手を絡めた。

「ううん、一緒に食べよ。どこ行こっか」

「その笑顔もかわいいね。それじゃあ……」

小さい頃から、鬱陶しいくらいにポジティブで能天気なヤツだと思っていたけれど、彼氏になってからはその底抜けの明るさに何度も救われている。

恋人になってから1年と4か月。ムカつくことこそ数あれど、一緒にいて楽しいし、付き合って後悔したことは一度もなかった。

2

幸運の女神か、はたまた女神の皮をかぶった貧乏神だったか分からないが、私の高校受験のタイミングで彼女は私にニコリと微笑んだらしい。

記念受験で受けた進学校に見事合格、パパも中学の先生も大喜びだったのは良かったものの、入学後は進学校のプレッシャーに追われる高校生活だった。

クラスメイトは皆優秀。授業についていくのが精いっぱいだった私が〝教師になる〟という夢をかなえるには、パパにこれ以上負担をかけないよう国公立大学に進学しなければならないと思っていた。


3月中旬——来週あたりには桜の蕾が開くか。来月からは高校3年、ついに受験生になる。教室の中央には、机と椅子が4つ向かい合わせに並んでいる。今日は三者面談の日。

隣には不安そうな顔をしたパパが座り、私の向かいには、担任の男性教師が手元の書類をめくっている。淡々とした表情だが、少し空気が重い。

「……と、これが今回の学年末の点数、こちらが1年を通した成績の推移です。少し……下がっているかもしれません」

分かってはいたものの、改めて言われるとやっぱり刺さる。先生の声が、水の中にいるように遠くくぐもって聞こえてくる。

「トモミさんは、国公立志望だよね？　もうちょっと理数を頑張ったほうがよいかもしれない。ただ、国語と英語はよさそうだから、今から私立に絞るのもありですね」

「うん、私立でもいいんじゃないか？　お金のことは気しなくていいから——」

パパが言う。

「私、教師になりたいんです。A大学に行って、可能なら大学院にも進みたい。だから……もう少し頑張りたいんです」

パパの話を遮ると、周りが一瞬無音になる。うつむく顔を上げると、先生が優しい目でこちらを見ていた。普段、無表情無感情な人かと思っていたので、その意外さに驚く。

「そっか、トモミさんは素敵な先生になるでしょうね。僕はあなたの一生懸命なところを評価していますよ」

「あ、ありがとうございます……」

突然褒められたことにドギマギしていると、少し表情を引き締めた担任が続けた。

「とはいえ、このままだとかなり厳しいからね。3年生は僕らも最大限応援します。一緒に頑張ろうか」

その後は和やかな雰囲気の中で面談は終わった。ペコリとお辞儀をして教室を後にする。先生の言い方から察するに、志望校には足元にも及ばぬ成績なのだろう。ずんと沈んだ私とは対照的に、パパはなんだかうれしそうだ。

「トモミは先生になりたかったのか！　パパ知らなかったよ」

学校の敷地を出て、緊張がほぐれたせいもあるのか、父の声は妙に明るかった。

「うん。高校は私立に行かせてもらったから、大学は公立に行かないと」

「そんなの子どもが気にしなくていい。お店もそれなりにうまくいっているし、お前を大学に行かせるくらいのお金はあるさ」

それは、嘘だ。パパが営む喫茶店は、何人かの常連さんで成り立っているし、月末になると帳簿を前に眉間に皺を寄せているのも知っている。

一人娘とはいえ、男手ひとつで子育てをして、私立高校の高額な授業料を納めるのは並大抵ではないだろう。これ以上、パパに負担をかけられない。最寄り駅から5分ほど歩いたところにあるパパが営む喫茶店。一人で私を育てながら、いったい何杯のコーヒーを淹れてきたのだろう。ふと、そんなことを考える。店に向かって速足で歩くパパ。ママが亡くなってから、随分頭も白くなってしまった。

このままじゃダメだ。私も変わらなきゃ——。


三者面談のために店を空けていたパパは、くしゃっと私の頭を撫でると、看板を『OPEN』にひっくり返して奥へと消えていった。それを見送り、家で勉強をしようかと商店街を抜けて住宅地に向かうと、ポケットのスマホが震え出す。

アキトからの着信だ。

「トモミ～！　今日面談だから早帰りだよね？　会いたくて部活サボっちゃった。今どこにいる？」

さすがに今日は勉強がしたい。これからのことも考えたいし。

「ごめん、もう家なんだよね。今日はやめとこうかな、また週末にでも……」

条件反射でこう言っていた。アキトの誘いを断るのは、これが初めてかもしれない。

「と思って、今家の前にいまーす！　サプライズ！」

電話と目の前から同じ声が聞こえた気がして目線を上げると、家の塀にアキトがもたれているのが見える。こちらに気がつくと、大きく手を振っていた。

能天気な声が耳をえぐる。普段ならどんなに怒っていても顔を見れば忘れてしまうのに、今日だけは我慢ならなかった。

「なんで？　なんでいるの？？」

自分でも声が震えているのが分かる。

「だから、サプライーイズ！　今日ホワイトデーでしょ、遊園地のチケット取ったから今からアフター5にでも……」

「……行かない」

「うん？　なんて？」

「行かない！　いつも遊ぶ話ばっかり。勉強とか、学校が大変って何回も言ったよね？私の気持ち考えたことあった？」

「なんで怒ってるの？　考えたから、息抜きに誘ってるだけじゃん……」

「あんたに付き合っていると、勉強する時間も落ち着く時間もない！」

アキトの表情がみるみるこわばっていく。

「なんだよ、その言い方。そもそも、そんなに頑張らないといけないのか？　教師になりたいんだっけ？　そんなの、普通に入れる大学の教育学部に行けばいいじゃん。クラスメイトに置いてかれるって言うけど、周りは周りだろ。何に追われているんだよ」

分かっているようだけど、分かっていない。

しかし、感情をうまく言葉にできない。出てくる言葉がどんどんとがっていくことだけは自分でも分かる。

「そもそも、『息抜き』って何？　自分勝手すぎる。この前だって、嘘までついてノオくんを仲間外れにして。私にとっては3人で会うのも大事な息抜きなの！」

とにかく、今の私はアキトがムカつくであろう台詞を吐き出したいのかもしれない。意地悪なのは分かっているが、自分でも止められなかった。「ナオキ」の名前が出た瞬間、アキトの血相が変わった。

「なんで急にナオキの話が出てきたんだ？　俺よりあいつに会いたいってことか？」

「勉強も将来のことも考えられない人より、ナオくんのほうが会いたいかもね！」

真っ赤を通り越してスッと色の抜けたアキトの顔。それを見て、やっと溢れてこぼれる言葉が止まる。謝らなきゃ、と思うのに今度は声が出ない。

「……そういうことか、『落ち着ける時間』ってあいつと一緒にいる時間か。じゃ、ご自由に。お勉強も頑張って」

アキトはくるりと振り返ると、ズンズン自分の家の方向へ歩いていく。私も拳を握って広い背中を睨みつけていたが、耐えられなくなって、自分の部屋に駆け込む。

「バカ！　バカバカバカバカバカバカバカ泣くな泣くな泣くな……」

学習机に座って参考書を開いてはみたが、ぼやけて一文字も判別できない。手元のページがどんどんかすんでいく。

手が勝手に動いて、スマホでアキトとのトーク履歴を開く。

つい昨日までの楽しいやり取りを見返して、また涙が出てきた。

春休みに行く予定だった映画の話をしていたのに……。三部作で、付き合う前から互いに見ていた。前作は去年2人で見ていたから、続きはどうなるか議論してみたりとずっと楽しみにしていたのに。

落ち着いたらしっかり謝ろう、と考えていると、昨日から返信をしていないナオキとのトーク欄に目がとまった。

しばらく会ってないし、こんなこと相談できるのはナオキだけだ……。スマホを耳に当てる。3コール目で聞き慣れた低いかすれた声が耳に届く。

「もしもし？　電話してくるなんて珍しいじゃん」

3

電話して20分かそこらでナオキがやって来た。

「……話は分かった。トモミがやったことは完全に八つ当たりだね」

「分かってます……」

淡々と指摘するナオキが今はありがたい。心にストンと言葉が落ちてくる。

「でも、トモミに寄り添わずに突っ走ったあいつにも問題があるね」

「うん……話聞いてくれてありがとう……。でも、1人でいるといろいろ頭を巡ってしまって。急に電話しちゃってごめんね」

「ほとぼりが冷めるまで、時間を置こう。考える時間をアキトにもあげたらいいと思う。そうだな……1週間とか？」

「うん、そうしてみようかな……」

「ちょうどいいかも。僕も夏に模試を受けることになったから、そろそろちゃんと勉強したかったんだよね。〝勉強会〟してみる？　1人が辛いなら、隣に誰かいるだけでも楽になると思うけど」

「いいの？　それは助かるかも」

「おっけー、明日からやってみようか」

それから、毎日放課後に私の部屋で〝秘密の勉強会〟が始まった。

アキトには、「1週間、お互い考える時間をとろう」とだけメッセージを送り「分かった」とだけ返信が来ていた。いつもあるはずの絵文字もないし、こんなに素っ気ない返事なのも初めてだったので、心がキュッとなった。

〝勉強会〟のことはアキトには黙っていようとナオキと決めた。この状況で2人で会っているなんて知られたら、余計に話がこじれてしまうに決まってる。

ナオキと2人きりなんて、何年ぶりだろう。アキトとはまったく違った空気で新鮮だった。勉強会だから、本当に私語を交わすこともないし、落ち着いて勉強もはかどる。

アキトとも図書館で一緒に勉強をしたことがあったが、ひっきりなしに話しかけてきて、挙げ句の果てに司書さんに摘み出されてしまった。それからは一度もしたことがない。

「ナオくんってさ」

「……ん？」

ふと気になって、話しかけてしまう。ナオキはノートから顔を上げずに返事した。

「ナオくんて、彼女いるの？」

「カノジョ？」

「ごめん急に……。男女ふたりで密室、しかも女子の部屋にいてさ。彼女いたら怒られたりしないのかな、なんて」

「うーん。嫉妬してくれる人、だったらいないね。だから、アキトと君の関係は見てて面白いし、凄く羨ましぃよ」

「羨ましい……のかな。あ、じゃあ好きな人とかっているの?」

「勉強、キリがいい感じ?」

ナオキに遮られてハッとする。これじゃ、司書さんに追い出されたアキトと変わらない。

「ごめん! 静かにするね」

「勉強、僕も飽きてきちゃった。4時になったらこれ食べよっか、差し入れ持ってきた」

ナオキはバームクーヘンの入った袋をちらつかせて、かすかに笑った。

急に気恥ずかしくなって、自分の教科書に目を落とす。

必要以上に干渉してこないから一緒にいて楽。その代わり、こちらにも踏み込ませてくれないから霞みたいに摑みどころがないナオキ。振り向いてほしくて悪戦苦闘したこともあったな、と彼の長くカールしたまつ毛を盗み見ながら思い返していた。

4

アキトが炎ならナオキは水のような存在だった。

保育園で初めて見たナオキは、絵本で見た妖精みたいに綺麗で、幼心に目を奪われた。そんなナオキがスイミングスクールに通っていると知って、「私もスイミングでおともだちをつくりたいの！」とパパにしつこくねだったのが懐かしい。

すべてが端正で涼やかなナオキに対して、あの頃からアキトは顔も声も暑苦しかった。

「ナオくん、バタフライ泳げるのすごいね。クラスで一人だけだよ」

「ありがと。アキトが練習しよって言って、練習してたんだよね」

ナオキが目をやると、途端にアキトが得意げに吠える。

「俺も、もうほとんど泳げる！　見ててよトモミ！」

バッチャンバッチャンともがいてみせるアキト。溺れているのと勘違いしてすっ飛んできたコーチの焦った顔と、騒然としたクラス。

コーチにゲンコツを食らってベソをかきながら、「でも俺泳げてたでしょ？」と笑った顔が印象的だった。

ナオキ一色だった私の初恋にアキトが登場したのは、小学2年生のときの、あの事故があってからだ。

ふざけている最中にプールの中の踏み台から足を踏み外し、上級クラスの深いところに落ちてしまった。

（パパ、ごめんなさい！　助けてー！）

空気が吸えずに大量の水を飲んで頭がぼうっとしてきたときに、下から強い力で押し上げられる。酸素を求めて口が勝手にパクパク動いた。

「もう大丈夫だから」

「息を吸え、俺が支えてるから！」

飲んだ水で気持ち悪くて、体も重くて何も見えないし何も聞こえない。ゲエゲエ息と水を吐く自分の音と、励ますアキトの声だけ、不思議と響いていた。

それからというもの、私の恋心はアキトとナオキで揺れ動いていた。

紳士的で知的で、一歩引いた考え方をするナオキにずっと憧れていたし、太陽のように温かくて明るいアキトは一緒にいて楽しかった。

私の高校の合格発表だって、貼り出された名簿に群がる受験生に混じって雄叫びを上げるアキトと、校門の前に立ってソワソワと報告を待つナオキ。対照的だけど同じだけの優しさを感じて涙が止まらなかった。

そして、私はアキトを選んだ。いや、選ばざるを得なかったと言うべきか。

「付き合ってくれませんか。幸せにします！」

夏祭りの帰りなんて少女漫画並みにベタなシチュエーション、プロポーズみたいな言葉選び。これを大真面目にやり遂げてしまうアキトに、とろりとした温かい気持ちに包まれるものの、ナオキと結ばれなかったことを、ほんのり残念に感じてしまう。

初めての彼氏がアキトなんて考えてもみなかったけれど。まあ、これも良いのかも。

「いいよ、じゃあ付き合おっか」

その後に始めた線香花火。風に落ちぬよう揺れながら必死にしがみつく火の玉は、まるで揺らぐ自分の心を見ているようだった。

5

約束の1週間が経った。

アキトからはこの間、何もメッセージは来なかったが話は進めないといけない。

謝ろう。アキトを傷つけたことを謝って、ちゃんと話し合おう。今まで通りにすぐ戻れるかは分からないけど、お互い向き合わなくちゃ。

放課後の道すがら〈謝りたい。帰り、そっちの校門の前で待ってるね〉とメッセージを送り、そのままアキトの高校の前で待機する。

ナオキからは、前の日の勉強会でタイミングのよい時間も教えてもらっている。

「今日は職員会議だから、15時には全員下校だよ。その時間に校門で待っていたらいいんじゃないかな。サプライズで会えるなら、あいつも喜ぶと思うよ」

アキトの同級生なのか、それとも先輩、それとも後輩なのか。生徒たちは次々と下校をしているが、アキトは待てど暮らせど出てくる気配がない。そこから待った30分は気の遠くなるほど長かった。ぼうっとしかけたとき、生徒の群れの中に彼を見つけた。

「あ、アキト……！」

アキトの顔が見えて思わず駆け寄ろうとするが、すんでのところで立ち止まる。アキトの隣には、茶髪を腰まで垂らした女生徒が歩いていた。

制服を着ているから、同級生かサッカー部のマネージャーか？

にしても、なれなれしすぎないか？　誰だろう。

門の陰から息を詰めて観察していると、その子は当たり前のようにアキトの腕に自分の手を置いた。アキトも振り払うどころか、不快に感じる様子もない。

「アキト〜、この後カフェでも行かない？　甘いもの食べたくなった！」

「おー、いいよ。商店街に幼馴染みのお父さんがやってるお店があってさ。そこのタルトが絶品なんだけどどう？」

「行きたい！　連れてってよ」

「よしきた」

ふたりは私が見ていることにも気が付かず、そのまま歩いていった。

どういうこと？　そのカフェってパパの店？

私が口止めしたこともあって、パパには付き合っていることは言ってないにせよ、仮にも彼女の父親の店でデートなんて面の皮が厚すぎない？

意味が分からない。私の他にも仲良くしている女の子がいたということだろうか。

あんなに「好き」だの「かわいい」だの言っていたのはなんだったのだろう。

「もういい……帰ろう」

トボトボ1人で家路についた。何度も〈あれは誰？〉〈今日約束した日なの忘れたの？〉とメッセージを送りたかったけれど、これ以上惨めな気持ちになりたくなくて送ることができなかった。家に着くと、這いつくばるようにして自室に戻る。30分、いや1時間だろうか。何もする気が起きず、ベッドに仰向けになって天井のシミを数えていた。

「トモミー？　いるんでしょ？」

ふと我に返ると、外から声が聞こえてくる。2階の窓から外を見ると、塀の向こうにナオキが立っていた。

「何度もチャイム押したのに。勉強会、1週間やってみて結構集中できたから、もし今日も都合が良かったらどうかと思ったんだけど、忙しかったかな？　ごめんよ、既読つく前に来ちゃったね」

「ううん、スマホ見てなかった。今開けるね」

「ありがと……って、わ、ひどい顔だよどうしたの」

玄関を開けるとナオキは心配そうに入ってくる。部屋に招き入れると、カバンを置くのも早々に顔を覗き込んできた。

「あのね、アキトがね、今日会いにいったらね、ううう……」

我慢していた涙が、今は滝のように出てくる。ナオキは何も言わず、横に座って頭を撫でてくれていた。突然のスキンシップに一瞬驚いたが、ナオキは平然としているのでそのまま身を任せる。こんなことしたのは、小学生の頃以来かもしれない。

私の涙が枯れてきたタイミングで、ナオキはやっと口を開いた。

「そうか。それは僕も気が付かなかった。申し訳ない」

「ナオくんは悪くないよ。でもいつからだろう、何か知ってる?」

ナオキは、しばし黙る。何か知っていそうだ。

「浮気しているとは知らなかったけれど、彼のことを好きそうな人なら思い当たる人がいる。直接面識があるわけじゃないけどね。彼、優しいし男らしいところがあるからさ。学校でも人気者だしね」

「そっか……でもさ!」

ナオキに向かってずいっと顔を近づける。彼の学校の人だろうから私の知る由もないが、それとこれとは話が別だ。

「それって優しさかな？　彼女がいるのに、誰かれかまわずいい顔してさ。しかもその人に腕を摑まれてた。共学ならあの距離感って普通なの？　嫌がるどころかまんざらでもなさそうに見えたけれど……」

「……」

「それにさ、アキトは男らしいとか言うけど、相手のこと何も考えないじゃん。それって自分勝手なだけだよ。私とこじれたら他の女にいくんでしょ」

ナオキは窓の外を見つめたまま、何も言わない。

ナオキ、本当はあの女がどんな人か知っているのでは？　どこで知り合った人だろう？

私、本当に浮気されてるの……？　聞きたいことは山ほどあった。

でも、もしその真実を知ってしまったら、二度と後戻りはできない。知りたいけれど、知るのが怖い。モヤモヤした本音を押し隠すように、強がりな言葉が口をついて出てしまう。

「〝女〟なら誰でもいいんでしょ……きっと。あいつと付き合うなんて間違いだった」

「へぇ……じゃあ、なんで付き合ったの」

ナオキがぽつりと漏らした。思ったより冷え冷えとした声で、こっちまで肩がすくまる。

室内の空気が変わった、そんな気がした。

「えっと……きっかけは、小学生のときにプールで助けてもらったからかな。覚えてる？　私が足のつかないところに落ちて溺れたとき」

「あったね、覚えてる」

「アキトが飛び込んで引っ張り上げてくれてさ。うるさいだけの人だと思っていたから、見直した。かっこいいなって。そんな人に好意を寄せられたら、ＯＫするじゃない」

「なるほど……アキトが、ね……」

ナオキは首の辺りをしきりに撫でている。これは、何を言うか迷っているときの癖だ。アキトが突拍子もないことを言った後に、よく首を撫でているのを何度も見ている。

「それってさ、本当にアキトだった？」

「え？」

「君は本当にアキトに水から上げられたときのこと、覚えてる？」

「あ、いや……。むせてるときずっと隣にいて背中をさすってくれたから……」

「いや、覚えてないな。だって、助けたのは僕だもの」

世界が止まる。助けたのはアキトじゃなくてナオキ？　そんなはず……。

「助けてくれてありがとう」って直接言ったし、なんなら、その夜パパとふたりで家まで行ってお礼をした。涙目になって拝むばかりに感謝をするパパを見て、アキトは何を思っていたのか。でも何故？

「なんで、なんでアキトは『俺じゃない』って言わなかったの？」

「アキトに……君に振り向いてほしいから言わないでってお願いされたんだ。好きだから、って。親友の恋を応援したかったから、邪魔しないように僕はスイミングを辞めたんだよ」

「待って、私、嘘をつかれていたの？　え……どうしよう」

裏切られていたのか。恋人としての約1年半、いや友達だった13年はなんだったんだ？

これまでの楽しくて幸せだった思い出がガラガラと音を立てて崩れていく。

アキトへの愛おしい感情はなんだったのだろう。むしろ、ナオキに対する好意にアキトが横入りしたようなものだ。もう何も考えられない。受験勉強と恋人との時間を両立させたいとか、努力してきたことも無駄だったんだ。

ナオキは何も言わずに私を抱きしめてきた。考えていることは分からなかったが、ただその優しさがありがたい。私もどうしてよいか分からなかったが、気がついたら私も腕を伸ばしてナオキを抱きしめていた。

昔一緒にお風呂に入ったときは、こんなにがっしりしていなかったな。なんて思いながら、ふと、つぶやいてしまう。

「ナオくんが彼氏だったらよかったのにな」

体を包む力が一瞬弱まる。ふと顔を上げると、ナオキはこちらを凝視していた。

「あ、ごめん。こんなこと……」

私がこう言った瞬間、ナオキが唇を重ねてきた。突然の感触に驚く。一瞬突き放そうとしたが、ナオキはぴくりとも動かない。どこか怒っているような荒っぽささえ感じるが、不思議と不快感はない。

いつも静かな人なのに、こんな熱があるなんて知らなかった。そう思うと、このまま流されてしまってもよい気もする。

気が付けば私もナオキのぬくもりを求めていた。

そのままベッドに仰向けにされてからのことは、よく覚えていない——。


「これからどうしよっか」

先ほどから続く沈黙に耐えられなくなり、私が口を開く。

感情がぐちゃぐちゃだ。アキトを裏切ってしまった罪悪感、突然ナオキとの間に起こったこと、自分のこれからの身の振り方……。ナオキは何を考えているのだろう。

隣を見ると、ナオキは手早く身支度をしている。こちらには目も合わせようともしない。

「僕はもう帰るよ。今日はゆっくりしなよ」

言葉は柔らかいが、なんとなく「今は近寄らないで」と拒絶されたように感じて、不安が募る。返す言葉が見つからず、オタオタと部屋着に腕を通して玄関まで見送りにいこうとしていると、肩を押さえつけられそのままベッドに座らされる。

「また明日来るね。時間も連絡する」

何事もなかったように微笑みかけてくる。10年来の友達で、しかも親友の彼女と一線を越えてしまったはずなのに、ナオキは妙に落ち着いていた。

「うん、待ってる」

慌てている様子を気取られないよう、努めて平静に挨拶して〝勉強会〟を終えた。ナオキが帰っていくのを2階の窓から眺め、そのままベッドに戻った。しばらくするとパパが帰ってきて、作り置きのご飯を食べる。お風呂に入ると倒れ込むようにして寝てしまった。深夜にスマホが何度も振動していたのは気づいていたが、もう確認する気力もない。明日見ればいいか、と枕元に置いて目を閉じた。私は、取り返しのつかないことをしてしまったのではないか。

感情が乱高下した長い一日に耐えきれず、私の体はベッドの中に沈んでいった。

6

翌朝、アキトから何度も着信があったことに気づく。メッセージにも「送信取り消し」をした跡が5つも連なり、その下には〈ごめん、しばらくスマホを見ていなかった、トモミからのメッセージに気づいてからずっと探してた。おじさんも心配するだろうし家までは行けなかった〉など、10行程言い訳が並んでいた。締めには、〈俺も1週間ずっとトモミのことを考えてた。仲直りがしたい。謝らせてください。大好きなんです〉とある。

いつもなら、その誠意のあるメッセージにほだされてしまうところだが、昨日の一件もあって嫌悪感しか湧かない。じゃ、あの女はなんなの？　謝罪の内容はまったくもって頭の中に入ってこなかった。

あの女と一緒にいたのに、「大好き」なんて白々しい。これ以上何かを送られてきても今は返事をする気になれない。アキトからの通知をオフにして学校に行く。本当はアキトの気持ちなんて知りたくないのかもしれない。

いつもと同じように授業を受け、お昼を食べ、友達と笑い合った。昨日あれほど大きな出来事があったのに、普段と変わらぬ生活を送れていることに我ながら驚いた。

高校生活の半分はアキトとの時間だったが、彼の存在がなくなったとしても案外うまくやっていけるのかもしれない。一日があまりにも平穏無事に過ぎていった。

家に帰ってきたタイミングでナオキから着信がきた。家に行ってよいか、とのことで二つ返事でOKする。

「お邪魔します。トモミ、昨日は大丈夫だった？」

「うん。夜遅くにアキトから連絡が来てた。まだ返してないけど」

「アキトから、『昨日の夜に勢い余って長文のメッセージを送ってしまって1日既読無視をされてる』って相談を受けたよ。すごく焦っているみたいだった」

「返す気にもならなくて……。迷惑かけてごめん」

「トモミはさ……アキトと別れたいと思ってる?」

ナオキが珍しく、踏み込んだ質問をしてくる。普段は何をしても笑って見守るスタンスの彼が、ここまで気にかけてくれることに罪悪感を抱きながらも心が躍ってしまう。

けれども、今までのアキトとの思い出も大切だ。自転車の後ろに乗せて海岸沿いまで連れて行ってくれたこと、喜ぶ顔が見たいからとよくお菓子を持ってきてくれたこと、ふとした瞬間に見せるニカっとした笑顔……。それだけに、昨日の出来事がより一層許せない。

「正直分からない。気持ちは離れ始めているけど、今まで本当に楽しかったから」

「そうだよね」

それに、ナオキの気持ちも確認したい。こんなことがあったけれど、今後の私たちの関係はどんな形にしたいのだろうか。私は確認してみることにした。

優しい彼のことだから、「なかったことにしよう」とは言わないはずだ。

「ナオくんは……どうしたいと思ってるの?」

「トモミのことは大切だよ」

「……うん」

予想に反する態度に拍子抜けする。これってまるで……。

「ただ、僕にとって3人でいる時間も同じくらい大切なんだ。壊したくないし、かなうことなら変わってほしくもない。だから、僕と君の関係はしばらく伏せておくべきだと思う」

吸った息も吐けず、固まってしまう。ただナオキの次の言葉を待つ。

「とはいえ、大切な君を苦しませるようなこともしたくはない。だから、いつでも話は聞くし〝勉強会〟も続けたい。事実、勉強も互いにはかどってるし、気まずくなる必要もないから。君も、分からないと思うなら結論を急がなくてもいいんじゃないかな」

付き合わないけど関係を切ることも考えていない、ということか。

恋愛よりも友情を選んでおきたいというナオキらしい考えに、自分の浅はかさが浮き彫りになり、恥ずかしくなる。

「君がアキトとどうするか決めた後に、僕もいろいろ考えようと思うんだ」

「分かった。ナオキの言うとおりにする」

その日の夜、自分からアキトに電話を入れた。謝罪を受け入れること、しばらく勉強に打ち込みたいこと、1か月離れて、まだお互い一緒にいたいと思う気持ちがあるならやり直そうということを伝えた。

アキトは「距離を置きたくない」と何度も訴えていたが、最終的に渋々この提案を受け入れた。

7

「最近、彼氏の話しないじゃない。喧嘩したって言ってたけど、どうなったの？」

部活終わり、テニスラケットを片付けながら友達が尋ねてきた。普段ならなんてことない質問なはずが、今は気だるく感じられる。

「1か月距離を置くことにした。それだけだよ」

ボールをカゴに戻し、平常心を取り繕いながら返す。

「前、ウチの文化祭にトモミの知り合いの男子がふたり来てたじゃん？　彼氏どっちだっけ。てか、1か月って、それって別れたってことじゃないの？」

「背の高いほうだけど……あと、別れたわけじゃないよ！　ただ……お互い1回自分の気持ちに向き合いましょう、ってだけ！」

友達は首を傾げる。

「そうなの……？　『距離を置く』って、別れる準備中ってことでしょ。もう1人の男、かなりイケメンだったじゃん。トモミ、あっちに乗り換えちゃえば？」

「そんなことしないよ……」

的外れのような図星のような。クラスメイトの発言にいたたまれなくなり「ネット外してくる」とその場を離れる。後ろでは「違うなら、あの人紹介してほしいのにねー」とキャッキャとおしゃべりに興じていた。

別れるために距離を置いたつもりもないし。自分の気持ちを整理したいだけ。

アキトとはあれから一度も会っていないし、電話もしていない。「距離を置こう」と告げてから数日はたわいもない世間話を送ってきていたが、淡泊な返信をしたらそれもすぐに止まってしまった。

別にアキトのことを許せなかったわけではない。むしろ、離れたからこそ彼への感情を再確認できた。バス停に着くと、アキトが迎えにきていないか辺りを見渡してしまうし、アキトの高校の制服を着た男子学生を見れば、彼なんじゃないかと近寄ってしまう。その度に違うことに気がついて涙が出そうになった。この冷却期間に自分の気持ちを整理して、ちゃんとアキトに向き合おう。

気づけば、ナオキとは、数日に一度と頻度は落ちたものの〝勉強会〟が続いていた。おかげで勉強がはかどり、小テストでもよい点数が取れた。とはいえ、以前と同じく黙々とノートや参考書と睨めっこをして、晩ご飯の時間になれば家に戻っていくだけだった。

触れられたのはあの時の一度だけで、それからは何もないし話題に出ることもない。

正直不安もあったが、「今は3人の関係を大切にしたい」と聞いた手前、それ以上踏み込むこともできない。

優しくて大人びたナオキにはずっと憧れていたが、一方で摑みどころがなくて気持ちがわからない。自分の求める恋人像にはならないことを今になって気づく。

この1か月、私はただ揺れていただけだった。

約束の期限の1週間前、距離を置き始めてから3週間が経った。

私はアキトの家の近くまで足を延ばしてみることにした。今日の午後、昼休みの時間帯にナオキから、〈今日のアキト、学校でもずっと暗かったよ。そろそろこたえてるんじゃないかな〉とメッセージが入っていたからだ。

もう謝ろう。アキトにもわがまま言って待ってもらったし、埋め合わせもしっかりしよう。長く付き合っていればサッカー部が終わる時間は大体分かる。アキトが帰宅するおおよその時間に合わせて、彼の家の近くをうろつく。自分から連絡するのが恥ずかしいから、偶然会ったことにできれば、なんて。やっていることは、ただの待ち伏せだ。

「何してるんだろ、バカみたい」

しばらく周囲をうろつくも人の気配がないので帰ろうとすると、遠くに向こうから歩いてくるアキトが見えた。その隣には、あの女が並んでいる。シャツの上にピンクのカーディガンを着て、茶色の髪は軽く巻かれていた。

…………！

慌てて塀に隠れると、2人で家の前で話しているのが聞こえてきた。

こちらからは顔は見えず、2人の頭の先だけが見える。どちらもふわりふわりと揺れているのが、今の自分の気持ちと同じようで居心地悪かった。

「送ってくれてありがとな」

「ううん、アキちゃんの部活姿見れて楽しかった〜」

「もしよかったら家上がっていく？　親も仕事でいないし」

息が止まる。どういうこと？

「えー、いいのー？」

「うん、この前のお礼も兼ねて！」

そのまま、ふたりは家に入っていった。その後ろ姿を唖然として見送ことしかできない。

何が起きているのか。友達が言っていた言葉がこだまする。『距離を置く』って、別れる準備中ってことでしょ」――。

スマホに目を落とし、アキトのインスタグラムのプロフィールページをタップする。

ようやく呼吸が再開したが、動悸が止まらない。

彼の動向で心が乱されないよう、ミュートをして一切見ないようにしていたアキトのインスタ。その投稿一覧からは、私と出かけた場所の写真も、食べたものも、思い出の投稿がすべて消されていた。

代わりに、新しい投稿がひとつ。

「#遊園地　#来てくれてありがとう」とだけ記された画像には、茶髪の女性の後ろ姿が写っている。場所は、アキトがホワイトデーにチケットを用意してくれていた遊園地だった。嫌な予感が的中した。

ああ、やっぱり。揺れていたのは私だけだったのか。

アキトとの関係は先月の時点で終わっていたのか。でも、それならなぜアキトはあのとき「距離を置きたくない」とすがってきたのだろう。アキトの家はすぐそこなのに、意識がぼんやりして倒れてしまいそうだった。

8

「好きな人ができたの」

濁ったミルクみたいな顔色のアキトが、隣に座っている。

皮肉なことに、私たちが今いる場所はアキトが告白してくれた、あの公園だった。

去年、線香花火をした草地は、昨日の雨でぬかるんでいた。登校途中の小学生が遊んでいたのだろうか、雑草が泥にまみれている。

私にもプライドがあった。他に好きな人がいるアキトに、「距離を置きたい」と持ちかけて、自分がフラれてしまうなんてあまりにも惨めすぎる。

「そうなの？」

アキトは、なぜかほっとした顔をしていた。それを見て自分の考えが間違っていなかったことを確信する。

「誰？　俺の知ってる人？」

「ううん。去年参加した夏期講習で出会った人」

咄嗟に嘘をついた。2人の問題にはナオキは関係ない。彼を売るような真似はできなかった。

「そっか……」

「アキトもさ、どうせ他に好きな人できたでしょう？」

アキトは何も言わない。否定しないことに、昨日、何度も練習した言葉を口にしようと決めた。

「別れる……ってことでいい？　恋愛感情がなくなったのなら、前のような友達に戻ってもいいと思うし」

「トモミがいいなら、そうしようか」

あまりにもあっさりと受け入れられてしまった。少しでも引き留めるそぶりを見せてくれたらここまで傷つかなかったのに。

こうして、私たちは元通り3人の幼馴染みに戻った。

「新しい関係だと思ってもいいんじゃない？　3人でまた仲良くしようよ」

ナオキは元の3人に戻ったのが嬉しいのか、やけに生き生きしているが、私とアキトはやはり気まずい。少しずつでも関係を戻そうとはしているが、完全に前のようになるのは無理かもしれない。

でも、今ではハッキリ分かる気がする。

私が付き合うべきだったのは、アキトだったんだと――。

ナオキの物語

自覚したのはいつのことだったか。いつも明るくて真っ直ぐで、変化を恐れない〝君〟に惹かれていた。

そんな君が彼女にずっと片想いしていて、相談してくれたときは、頼られているようで素直にうれしかった。だから、水泳だって君のことを思って早々に辞めたわけだし。

けれども、2人が両想いになって、交際を始めたときからずっと苦しかった。

トモミを最優先にして僕をおざなりにし始めたときも寂しかった。けれど、君の初恋が実ったのだからと、自分の気持ちを抑えていた。サッカー部をサボっていると聞いたときは、思わず、デート中の君たちを待ち伏せたこともあったけれど。

トモミが君のことを悪く言うようになって、また気持ちが揺らいだ。初めは、真っ直ぐすぎる君への愚痴か、と聞き流していたが、何度も聞くうちに黒い感情が渦巻きはじめた。

僕はどうやっても君の視界には入らない。なら、視界を変えるしかない。

1

トモミは君にふさわしくない。だから、せめて君がどうしたら幸せになって僕の隣にいてくれるかを考えた。

まず、ふたりに1週間の冷却期間を設けさせ、その間に僕のクラスメイトの女子生徒を君に近づけることにした。

〝アレ〟は僕のことが好きだから「アキトを落としてくれ」って頼みもあっさり遂行したし、君も女性慣れしていないから断り方にも悩むだろう。そして、君はやっぱり優しいから、予想通りむげにすることもなかった。

その場面をトモミに見せた。あの時間なら〝アレ〟がアキトに絡んでいる最中だろうと踏んで、校門で待たせて『偶然』遭遇するように仕向けたのだ。

トモミは〝女〟だったら誰でもいいんでしょ――と言って怒った。

でも僕には、「男以外なら誰でもいいんだよ」と聞こえた。傷ついた。
トモミ——。実は、僕に恋愛感情を抱いていたの、ずっと気づいていたよ。

1か月、トモミと連絡が取れずに傷心中だった君が、〝アレ〟との距離をどんどん縮めていってくれたのはうれしかった。トモミと行けなかった遊園地のチケットの有効期限が近づいている、と漏らしていたから、〝アレ〟に「遊園地に行きたいのだけど、行く相手がいなくてさ」と言わせたらすぐに君は食いついた。

互いに新しく好きな相手ができたなら、一緒にいる必要もないはず。

僕の予想通り、君たちは友達に戻ってくれた。

〝アレ〟ももう用済みだろう。任務完了。サクッとアキトを振ってもらったが、僕としても、もう〝アレ〟と一緒にいるメリットはない。そろそろ潮時だろうから、適当に「好きな人ができた」と言って離れてもらおう。

いや、「好きな人」がいるっていうのは嘘ではないんだけどね。

2

「女子はよく分からん！　俺には難しすぎる」

僕の家の食卓に、今まで通りアキトがいる。

母さんは、キッチンに戻って味噌汁の準備をしている。

「〝二兎を追うものは一兎をも得ず〟ってやつじゃないの？」

満面の笑みになってしまうのを噛み殺して、努めてクールに返した。

「トモミとも別れて、いい感じになっていた子にもフラれたって？」

「うーん、そうだね。でも……」

アキトは予想に反してケロッとしている。そういうところが本当に男らしいよ、君って。

「恋愛の傷は恋愛でしか癒やせないからね！　次だよ、次！」

「まったくアキトらしいよ、本当に」

僕はさりげなく君の肩に手をまわす。すると、突然アキトが言った。

「なあ、ナオキ……俺、トモミとやり直そうと思ってるんだ」

僕は虫唾が走るのを感じた。

「実は昨日の夜、トモミから〈つらすぎる…〉ってひと言メッセージが来て、その後、俺とデートのときに撮った画像が次々と送信されてきてさ……。それで今日の朝起きたら、〈変なことしちゃってごめんなさい〉って、またメッセージが来てて」

僕は表情を変えずに黙って話を聞いている。キッチンからは料理を仕上げる母さんの鼻歌が聞こえてくる。

「それ見たらなんだか俺も切なくなってきちゃってさ……。トモミがいいなら、もう一度やり直そうかと思ってるんだ」

僕は親友に微笑みながら、トモミを完全に除去する方法を考え始めていた。

（了）

地球最期の日

今日で地球が終わる。

正確に言えば、あと10時間と32分15秒だ。

信じられないかもしれないけど、今夜10時に人類の歴史は終わりを告げる――。

1

私の名前は「アヤ」。

中学校3年生。

部活動はもう引退しちゃったけど陸上部だった。

見た目は運動部らしくショートカットでボーイッシュ。みんなからはカラッとして明るい活発な女の子だって見られてるけど、私にだって悲しい過去がある。

パパとママは1年前に離婚した。今はパパと2人で暮らす、いわゆる父子家庭っていうやつだ。

細かいイキサツはあまり話したくないけど、当時中学2年生だった私には理解できない〝大人の事情〟ってやつらしい。

一つだけ言えることは、パパはまだママのことが好きだってこと。ママだってパパのことが嫌いになって別れたわけじゃない。それは中学3年になった私にも分かる。

でも残念ながら私にはどうすることもできない。ママの携帯はもちろん知ってるけど、今はどうしても必要なとき以外は連絡しないようにしてる。もう中3だからいつまでもママに迷惑かけたくないっていう思いと、ちょっとだけパパに遠慮してるっていうのもある。できることならまた3人で一緒に暮らせたらいいんだけど、今の状況から判断するとなかなか難しいみたいだ。

ママと別れたあと、パパと私は住み慣れた都会を離れて、地方にある学園都市の近くに引っ越してきた。パパの仕事場の研究所が近くにあるのと、都会と違って緑豊かな自然が多い環境を実は私もちょっと気に入ってる。

あ、言い忘れたけど、パパの仕事は人工衛星とかロケットとか、宇宙に関する開発をするエンジニアみたいなことをしているらしい。〝らしい〟っていうのは、前にパパに仕事のことを聞いたけど、ちょっと専門的すぎて当時まだ小学生だった私にはチンプンカンプンでよく分からなかったから。

昔からパパは自分の得意な分野のことを話すときには、相手が子どもの私だろうと熱量たっぷりに専門用語を交えて話すから、素人の私にはさっぱり分からないことだらけ。あれ以来、何回かパパから仕事の話を聞いたけど、結局いつも何となくしか分からないから、もう諦めた。

「パパの話、難しくて分かんないよね」

ママともそんな話したことあったたっけ。……そんなママはもういないけど。

「ふぁ～、おはよう！」

パパがやっと起きてきた。自宅でリモートワークの日のパパはたいてい私より遅く起きてきて、私が学校に行ってから1人で遅い朝食を食べるのが日課だ。

ママがいなくなってから、ご飯作りは毎日の私の仕事。料理は得意じゃなかったけど、そんなこと言ってられない。何しろパパは宇宙以外のことはなんにもできないんだから。

それでも毎日ご飯を作っていると、苦手だった料理もだんだん上手になってくるから不思議だ。自分で言うのもなんだけど、私って料理の才能があるみたい。ママが残してくれたレシピを見ながらだけど、料理のレパートリーがこのところどんどん増えてる。

ちなみに今日の朝食は、ご飯にハムエッグ、昨日の夜作った野菜サラダの残り、それと豆腐とワカメのお味噌汁。我ながらちゃんと朝食っぽい朝食だなって感心する。

「お昼もちゃんと食べてね。冷蔵庫に昨日の残りの肉じゃがが入ってるから。じゃあ私、学校行ってくるからね」

「おお、行ってらっしゃい。ふわぁ～」

まだ半分寝ぼけてるパパのあくびに見送られて家を出ようとしたときに思い出した。

「ああそうだ。寝ぐせ、ちゃんと直してよ。リモート会議でみっともないよ」

早口で言うと、私は家を飛び出して学校へ向かった。

「ミナト、おはよう！」

「おぅ、おはよう」

私の家から学校へ向かう途中にミナトの家がある。

ミナトは私と同じ中3で隣のクラスの男子。私がこっちに引っ越してきて初めて仲良くなった子だ。

朝はこうして一緒に学校に行ったり、帰りの時間が合えば一緒に帰ったりしてる。別に付き合ってるってわけじゃないけど、私にとって一番仲の良い男子であることは間違いない。ミナトとは気兼ねなく話せるから一緒にいて楽な存在だ。

ミナトとの出会いは私がこっちに引っ越してきてまだ間がない去年の12月のこと。

「もう、クリスマス前に引っ越すのなんてサイアク！」

都会から田舎に来たばかりで、まだクラスにも馴染めず、これといった仲の良い友達もいなかった私が暇つぶしにふらっと立ち寄ったのが学校の近くにある図書館。

「マンガでも読んで帰ろうかなぁ」

別に読書好きでも何でもない私は特に読みたい本があるわけでもなく（そもそも図書館にマンガがあるのかどうかも知らない）、手持ち無沙汰に書棚に並んでいる本のタイトルをぼんやりと眺めながら歩いていると、ガランとした読書スペースで、周りのことなど一切気にせず一心不乱に本の世界に入り込んでる男の子がいた。

何の本読んでるんだろう？

同じ年ぐらいの読書少年のことが気になった私は、ゆっくりその子に近づいて、読んでる本の表紙をちらっと覗いてみた。

その子は、ちょっとカールがかかった柔らかそうな髪が目にかかっていても気にする素振りも見せず、宇宙と星に関する本を読んでいた。

「宇宙のこと好きなんだ？」

図書館という場所柄、遠慮気味に声をかけてみたけど、本に夢中になっているその子は私の声も耳に入らないみたいだ。

「ねぇキミ……宇宙のこと好きなの？」

見た目からすると活発そうな私だけど、見かけ通りに物おじしないタイプ。知らない男の子に声かけるのだって平気だ。

「え、オレのこと？」

「他にいる？」

やっと私の呼びかけに気づいた制服姿のその男の子は、読みかけの本から目を離して私のほうを見上げた。

「宇宙と星の本読んでるんでしょ？」

「ああ、これのこと？」

「宇宙とか星が好きなんだ？」

「うん、好きだよ」

「星好きってけっこう珍しくない？」

中学男子っていえばやっぱり、音楽とかスポーツとか、ファッションとか髪形とか、それに女の子のこととか……そっち系に興味がある年頃なんじゃない？

「オレ、天文部なんだ」

「テンモンブ？……そんな部活あるの？」

「あるよ。あるっていっても部員はオレ1人だけだけどね」

「1人だけ？」

「そう。3年生の先輩はもう引退しちゃったから」

「キミ変わってるね」

色白で細身、見るからにナイーブな感じのその子は、私の言葉に一瞬プッと膨れたような顔をした。

「別に変わってねーし。星好きだっていいだろ」

……ああ、またやっちゃった。思ったことをストレートに口に出しちゃうのが私の悪いクセだ。いつもママから注意されてたのに。

「ごめんごめん。星好きもいるよ。全然オッケー！」

ここはちゃんと謝っておこう。

「それで部員1人で何するの？」

「こうやって本読んで調べたり、天体観測したり、かな」

「1人っきりで？」

「そう。1人で」

「1人で星を見て楽しいの？」

「楽しいよ。だって星が好きだから」

まるで夜空の星でも見上げるかのような仕草でその子がつぶやく。

「見かけによらずロマンチストじゃん」

「見かけによらずって、初対面だろ」

それから少し話をしてみると（図書館だからもちろん小声で）、その子が私と同じ中学校に通う同級生だってことが分かった。

当時の私はまだこっちに引っ越して間もない頃だったため自分のクラスに馴染むのに精いっぱいで、他のクラスの事情までは把握していなかった。だからその男子のこともまったく気づいていなかったみたいだ。もっとも、その子が雰囲気からして目立たないタイプっていうのもあるけど。

「うちのパパも宇宙のこと大好きなんだよ。たまにブラックホールとか星とかの話をしてくれるけど、難しすぎて何言ってるかよく分かんないけど」

「へぇ、お父さん宇宙好きなんだ」

「パパの仕事だから」

「仕事!? 仕事って何してるの?」

「詳しいことは分かんないけど、ロケットとか人工衛星とかの仕事をしてるんだよね」

「うわ、すっげーじゃん!」

パパの仕事を聞いて、こんなに驚いた人は初めてだ。

それがクリスマス近くの去年の12月のこと。

この日から私たちは友達になった。

2

『7月7日、日本時間の夜10時ごろ、フェイト彗星が地球に最接近します。当日晴れていれば、空いっぱいに美しい尾を伸ばした彗星が肉眼でもはっきりと見えるでしょう。夏の夜空で繰り広げられる今世紀最大の天体ショーが日本でもお楽しみいただけるはずですよ!』

時計代わりにいつもつけている朝の番組。お天気コーナーの名物お天気キャスターが彗星の話をしてるのが、テレビから聞こえてくる。

パパやミナトと違って、宇宙にも星にもほとんど興味がない私だって、彗星のことは知ってる。

有名なのは、ハレー彗星。76年に1回（正確には75・32年周期だってパパが言ってた）地球に接近してはまた遠ざかっていく彗星で、次に地球に接近するのは2061年だそうだ。

「2061年って、ええと……え、私、今のママより年上になってるじゃん！」

ハレー彗星もハレーって人が大昔に見つけたらしいけど、今話題のフェイト彗星もどこかの国のフェイトって人が見つけたから「フェイト彗星」って名前なんだそうだ。そのくらいのことはパパから聞いて知ってる。

そのフェイト彗星が7月7日に地球の一番近くを通るらしい。今日からちょうど1週間後だ。

だけど〝最接近〟って何かちょっと怖い気がした。

「もしも彗星が地球にぶつかったらどうなっちゃうの？」

一度パパに聞いたことがある。パパは笑いながら答えてくれた。

「そりゃあ、ぶつかったら大変だ。でも大丈夫だよ。NASAが彗星の軌道を正確に計算して、地球をかすめるようにして宇宙の彼方に飛び去っていくことが分かってるから。かすめるといったって宇宙が舞台の話だから、実際の距離にしたらかなり離れてるけどね」

パパの説明でちょっと安心。

それからパパは私が彗星の質問をしたことに気をよくしたのか、ここぞとばかりに彗星について語り出した。

「今までに地球に最も近づいたのはヘール・ボップ彗星で、1997年3月22日に地球に最接近したんだ。その距離は1・315au。そのあとヘール・ボップ彗星は1997年4月1日に近日点を通過すると、ピーク時には1等星より明るいマイナス1等級程度になり、シリウス以外のすべての恒星よりも明るくなった。彗星の尾は45度にもわたり、空が完全に暗くなる前でもよく見えるようになったんだ。あれは今までで一番凄かったけど、今度のフェイト彗星はもっと地球の近くを通るから楽しみだよ。きっと空全体が青白く輝いたようになって幻想的で美しいだろうなあ」

出た出た、パパの得意技。

そもそも1・315auって何!?　マイナス1等級程度とか意味分かんないから。

いつもパパは宇宙とか星のことになると、自分の世界にどっぷり浸って周りのことが見えなくなっちゃう。専門的すぎて私とママは全然ついていけなかった。もしもママがこの場にいたら絶対に突っ込んでるところだ。……でもまあ、そんなパパが嫌いじゃないんだけど。

「そういえば7月7日って七夕じゃん。そんなに空が明るかったら、織姫と彦星が恥ずかしくてデートできないいんじゃない？」

彗星のことより、七夕の織姫と彦星のほうが私には気になる。年に一度のデートなのに、彗星に煌々と照らされて、世界中のみんなに下から見上げられてたら、気になってデートどころじゃないんじゃない？　そもそも彗星のせいで天の川が見えなくなったらどうやって渡るんだろう。せっかくのデートが台無しになっちゃう。

「七夕の日って天気が悪くて星が見えないことが多いんだよね。あれはきっと、下から覗かれないようにしてるんだよ。織姫と彦星が2人きりで誰にも邪魔されずにゆっくり会えるように、空も気を遣ってくれてるんだと思う」

ミナトと帰る学校の帰り道。彗星の最接近より七夕の織姫と彦星の年一デートのほうが気になった私がそんな話をすると、ミナトが横から口を挟んだ。

「七夕の星って何ていう星か知ってる？」

「え、知ってるよ。織姫と彦星でしょ」

「違うよ。その織姫の星と彦星の星の正式な名称のことだよ」

「知らない。織姫の星と彦星の星でいいじゃん」

「織姫の星は〝こと座のベガ〟、彦星の星は〝わし座のアルタイル〟。ついでに言うと、この2つと〝はくちょう座のデネブ〟の3つの明るい星を合わせて〝夏の大三角〟っていうんだ」

「へえ、さすが天文部！」

ミナトは星座のことになるとやたら饒舌になる。今までも星に関する知識をちょくちょく教えてくれたけど、残念ながら星にそれほど興味がない私は、ミナトから聞いた話の半分以上はすぐに忘れちゃう。

「7月7日の最接近、楽しみだなぁ。あと7日かぁ」

ミナトはパパ同様、フェイト彗星の最接近に興味津々だ。毎日、7月7日まで「あと何日」とカウントダウンしながら、その日を指折り数えて楽しみにしてる。まるで遠足前の小学生みたいに、あと1週間後に迫った最接近イベントが待ちきれないって感じで頭の中は彗星でいっぱいみたいだ。

「ミナトってさあ、なんか最近浮かれてない？」

「そう？」

ちょっとからかってみる。

「あ、分かった！　誰か好きな女の子でもできたんだ？」

「何それ」

「おっ、赤くなった！　ミナトくん、何照れてんの」

「照れてねーし！　てか好きな女子なんかいないし」

「いないんだ？」

「いないよ！　いるわけないだろ」

「何だつまんな～い。好きな子いないのかぁ」

「つまんないって何だよ。そういうアヤはいるのかよ？」

「私？　私はねぇ……ナイショ。ミナトには教えない」

「何だそれ」

　ミナトと知り合ってからもう半年以上経つ。私にとっては気を許せる一番仲の良い男友達だ。学校の行き帰りにくだらないおしゃべりをしたり、図書館に行ってお互いに好きな本を読んだり、およそ〝付き合ってる2人〟とはほど遠い関係。いわゆる〝デート〟みたいなことはもちろんしたことがない。

　たぶんミナトも私のことを〝女子〟としては見ていないと思う。人見知りでクラスにも友達が少ないミナトだけに、気楽に話せる私といるのが楽なんだろう。

「オレ今日、天文部の活動日なんだ」

「活動って何するの？」

「星見るだけだけどさ」

「ホント、星好きだよね」

「うん。ホント好きなんだよね」

「いっそのこと星と付き合っちゃえばいいじゃん」

「何だそれ？　でも星と付き合えたら嬉しいかも。あははは」

ミナトならホントに星と付き合えそうだ。

「どこで星見るの？」

「家から学校に行く途中にある橋のところでいつも観測してるんだ」

「へぇ、そうなんだ」

あの橋からなら、空一面を見渡せそうだ。

「あ、ねえ、その部活動に今日だけ私も参加していい？」

「急にどうしたの？　星になんか興味ないくせに」

普段の私からは想像もできない申し出にミナトは驚いてる。

「私だってたまには星ぐらい見たくなるの」

「星見たいなんて熱でもあるんじゃないの？」

そう言うとミナトは私をからかうように、私の額に手を当てるフリをする。

「いいでしょ、私が星見たって」

「何か似合わないよな、あははは」

「笑うな！」

あの日図書館で知り合ってからもう7か月近く経つんだから、ミナトのことはたいていい分かる。

普段は口数が少なめでクラスでも地味な存在。ひと言でいえば学校では〝気配を消している〟タイプ。私とは軽口も叩いて気さくに話すけど、他の子たちとは必要なこと以外はあまり話そうとはしない。周りとは自分から一定の距離感を保っている感じで、クラスメイトの子たちも1人天文部のミナトのことを「ちょっと変わった子」と思ってるみたい。

たぶんミナトの周りには、私みたいにずけずけ物を言うような子はいないんだろう。ミナトからすれば私は、ガードする間もなく、いきなり踏み込まれた勢いに負けて、何となくそのまま仲良くなっちゃったっていう感じなんだと思う。

およそ中学男子が興味あることには無関心で、興味があるのは宇宙と星のことだけ。繊細で人見知りで仲良い友達も少ないけど、実は優しい性格で押しに弱い。それがミナト。

一方の私は、3年生になってもう引退しちゃったけど陸上部で短距離専門。といってもバリバリの体育会系じゃなくて、走るのが楽しいから趣味で走ってたような〝なんちゃって陸上部〟。練習もそんなに熱心じゃなかったし。

見た目からして女の子っぽくないし、がさつな性格で細かいことを気にしないタイプ。基本ポジティブで立ち直りが早い。ときどき思いついたことをストレートに口に出して相手を傷つけちゃうのが悪い癖。女の子らしいかわいい仕草とかが大の苦手で、たまに女の子っぽい格好しようかなと思うときもあるけど、結局恥ずかしくて着られない。普段はもっぱらラフなジーンズばかりで、スカートなんか制服以外でめったにはいたことがない。フリフリの服なんか着たら間違いなく即死だ。もっとも、そんな男の子っぽい私だからミナトも気楽に付き合えるんだろうけど。

特別に意識してるわけじゃないけど、不思議と気になる存在。それが私にとってのミナトだ。

「いいよ。部長のオレが許可する」

「部長って部員1人しかいないじゃん」

「部員1人でも部長は部長だろ。仮入部ってことで、特別に天文部の活動に参加することを許す」

「さすが部長！」

「じゃあ6時半に橋のたもとに集合ね」

家から学校に行く途中、ちょうどミナトの家と学校の中間辺りを流れてる川にかかってる古い橋。「希橋《のぞみばし》」と名付けられたその橋は、昔この辺りに住んでた人たちが「この橋を渡る人に希望をもたらす橋になるように」という思いを込めて付けた名前らしい。といっても、普段は橋の名前なんて気にしたことないけど。

「じゃあまた後でね。遅れないでよ、部長さん」

「それはこっちのセリフだよ、仮入部員さん」

自分でも思いがけず、ひょんなことからミナトと一緒に星を見ることになった。

3

「行ってきま〜す！」

誰もいない家に声をかけて、ミナトとの待ち合わせ場所に自転車で向かう。

その日、パパは研究所の仕事で遅くなるって聞いていたから、夜ご飯を作り置きして出かけることにした。

ちなみにこの日の夜ご飯は、パパの好きな鳥の唐揚げとポテトサラダ、ほうれん草のおひたし、それになめことネギのお味噌汁。我ながらけっこう手が込んでいる。

パパが心配しないようにちゃんとテーブルに置き手紙しておく。

『ミナトと星を見てくる。あんまり遅くならないように帰るから心配しないでね』

ミナトのことはパパも私から聞いて知ってる。天文部でパパと同じように星や宇宙が大好きだってことも。

それにしても突然私が「男の子と2人きりで星見てくる」なんて言い出したら、ビックリしてパパ倒れちゃうんじゃない？

「お待たせ！」

待ち合わせ場所の希橋に着くと、先に自転車で来たミナトは天体望遠鏡を観測地点にセットして待っていた。

「暗くなると星がよく見えるよ」

日没が迫る空は初夏の太陽が姿を隠そうとしていて、夕陽色に輝くオレンジから群青色の割合が徐々に増していく。薄暗い色に変わった空にはうっすらと星が光るのが見える。川面を流れてくる初夏の風が頬に当たって気持ちいい。

「これからもっと星がいっぱい見えるようになるんだ」

橋のたもと、天文部用語だと〝観測地点〟でしばらく空を見上げていると、次第に暗くなっていく夜空には次々と星たちが輝き出していた。

「キレイだなぁ」

思わずそうつぶやくと、ミナトが得意そうに言う。

「だろ？　このへんは周りが暗いから星がよく見えるんだ」

都会から来た私には、見たことがないほど美しい星が夜空に光っている。

「もっともっとたくさん星が光り出すよ」

夜空を深い闇が包み込むにつれて星の数が増えていく。やがて数えきれないほどの星が瞬き始め、それぞれに美しい光を放っている。間違いなく今までの15年間の人生で見た中で一番美しい星空だ。

「あれが天の川。天の川を挟んで両側にある明るい星が織姫のベガと彦星のアルタイル。それにこっちの明るい星がはくちょう座のデネブ。この3つが夏の大三角ね。南の空には赤っぽい色をした1等星のアンタレスがあって、あれがさそり座」

天体望遠鏡を覗く私に、ミナトは部長らしく解説してくれる。ただ、私はミナトの説明する声も聞こえないほど、美しい夏の星たちに心を奪われていた。

「ほら東の空にある、あの大きく青白く輝いて長い尾が見えるのがフェイト彗星。もうだいぶ近くまで来てるよ」

天体望遠鏡を使わなくても肉眼ではっきり分かるほど青白く輝いた箒星が、夜空に自分の存在を誇示するかのように、長い尾をたなびかせてひときわ大きく光り輝いている。

「あれが1週間すると、もっともっと近くに来るんだから、どれだけ綺麗なのか想像がつかないよ。天文部としては夏の夜空いっぱいに繰り広げられる一大スペクタクルショーを見逃すわけにはいかないね」

ミナトが興奮してることが声からも分かる。星に興味がなかった私だって、この美しい星空を見れば興味が湧いてくる。七夕の夜の彗星はどんなに美しいだろう。きっと私の想像なんかはるかに超えて、この世のものとは思えない美しさに違いない。

「ねえ、七夕の日の天文部の活動に私も参加してもいい？」

「え？」

「彗星が一番近くまで来るの一緒に見ようよ。だって一大スペクタクルショーなんでしょ。仮入部の私だって見たいじゃん」

何だかこうして夜空を見ていたら、自分たちが織姫と彦星になれるような気がしてきた。……でもなんでミナトと私が織姫と彦星なんだ？　別に恋人同士でもないのに。私、何考えてるんだろう。

まあいいや。細かいことは考えずに、七夕の夜はミナトと2人で星を見るんだ。

「お父さん心配しない？」

ミナトは心配して聞いてくるけど大丈夫。きっとパパは許してくれる。だって私のお願いはいつだって聞いてくれるから。

「七夕の夜はどんな素敵な星空なんだろう」

もう一度夜空を見上げると、東の空に見える箒星はさっきより一回り大きくなったような気がした。その青白く輝く光は妖艶なほど美しく、私にはなぜかちょっとだけ不気味にも感じられた。

4

ミナトと星を見た翌日、フェイト彗星の最接近まであと6日。

先生たちの都合（定例の職員会議らしい）で授業は5限目で終わり。今日は早めに家に帰って久しぶりにパパとゆっくり過ごそう。

パパは今日は家でリモートワークの日。まだ自分の部屋でパソコンに向かって仕事している時間だ。パパの仕事が終わるまでに夕飯を準備しておいてあげよう。きっとお腹をすかせて部屋から出てくるはずだもん。

「ただいま！」

家に帰ると、やっぱりパパは部屋で仕事中みたいだ。

パパは私が今日学校から早く帰ってくることを知らない。昨日もミナトと星を見に行って遅かったし、学校帰りに友達とおしゃべりしていて帰りが遅くなることも多いから、こんなに早く私が家に帰ってきたらビックリするだろうな。

パパ、どんな顔するだろう？

パパの部屋のドアの前まで行くと、中から声が聞こえてくる。どうやら誰かとリモートでオンライン会議してるみたいだ。

会議中じゃ声かけないほうがいい。お仕事の邪魔しないように、パパが部屋から出てくるの待っていよう。そう思ってリビングに引き返そうとした瞬間、突然部屋の中から大きな声が聞こえてきた。

「もう間に合わないんだ！　軌道を変える方法はないんだよ！」

「え!?　何？」

そんなに大きな声出すなんて、いつものパパじゃないみたいだ。部屋のドア越しにもパパの声がはっきり聞こえてくる。私が帰ってきたことには気づいてないらしい。

「データを何度見直しても同じだ！　NASAは俺たちにも隠してたんだ」

NASA？　隠す？

「ああ、間違いない。もし知られたら大パニックになるぞ。絶対に知られちゃいけない。あと6日だ。誰にも言っちゃいけない。このことは俺たちだけの秘密にしておこう」

あと6日……って一体、何のこと!?

言っちゃいけないって何？……私、聞いちゃったじゃん。

慌ててパパの部屋の前を離れてリビングに戻り、さっき部屋の中から聞こえてきた言葉をぼんやりと思い出していた。

「NASA」

「隠す」

「大パニック」

「あと6日」

さっき聞いた言葉を頭の中で繋ぎ合わせてみても、すぐには答えが出てこない。そもそも理数系が苦手なのに、パパの仕事のことを私の頭で理解するのは難度が高すぎる。

「なんだアヤ、帰っていたのか」

「……あ、ただいま」

しばらくするとお仕事を終えたパパが部屋から出てきた。

「どうした？　ボーっとして。学校で何かあったのか？」

リビングのソファに座ったまま動かない私を見て、パパが心配そうに尋ねる。

「あのね、パパ……」

「うん？」

「……やっぱりいいや」

さっきのことを聞こうとしたけど、仕事の話に口を出すのはやめた。

「ご飯作るね」

私は気を取り直して夕飯の支度を始めた。

「ミナトくんと星、見に行ったんだって？」

「うん、綺麗だったよ」

「この辺りは星が綺麗に見えるからね」

ご飯を食べながら、そんなたわいもない会話をしていても、やっぱり私はさっきのパパの話が気になってしょうがない。

「今日は学校が早く終わったのか?」

「うん、先生たちの会議があるんだって。だから今日ぐらいは早く帰ろうと思って。何だかんだいつも遅いからさ。久しぶりにパパとゆっくりしようかなって」

「そうだったのかぁ。嬉しいね」

「そうしたらパパの部屋から大きな声が聞こえたからビックリしちゃったよ」

「ごめんごめん。アヤがいるなんて知らなかったから」

「パパ、大丈夫なの?」

「大丈夫って何が?」

「お仕事とか」

「仕事?」

「だって、あんなに大きな声出すパパ初めてだからさ。何かあったのかなって」

「何にもない、何にもない。大丈夫、大丈夫」

昔からパパは嘘をつくと口の左端がピクピクするのですぐに分かる。

「パパさっき、NASAとか、あと6日とか言ってたじゃん?」

「え、そんなこと言ったかなぁ? あっ……そうだ。今やってるロケット計画のこと話してたんだ。あと6日でNASAに計画書を提出しなきゃいけないんだよ。その話だ、その話。うん、そうだった、そうだった。アヤのおかげで思い出したよ、アハハハハ」

口の端のピクピクが半端じゃない。パパが何か隠し事をしているのは娘の私にはお見通しだ。

「パパ、食べないの?」

「あ、ああ…食べてる食べてる」

それからのパパは、どう見ても挙動不審そのもの。食事もあまり喉を通らないみたいで、何を話しても上の空。私の話も右から左に抜けていっちゃうみたいだ。

「パパ、ホントに大丈夫なの?」

「うん? ああ、もちろん。大丈夫、大丈夫!」

全然大丈夫じゃないことはすぐ分かる。いつもの私なら遠慮せずにずけずけ突っ込んで聞くところだ。でもさすがの私も、ここまで動揺してるパパは見たことがない。もし今、私が突っ込んで聞いたら間違いなくパニックを起こすに決まってる。娘の私としてはパパをこれ以上困らせたくはない。

あのときも私はパパを困らせた。

ママが私たちを置いて出ていったとき。

私はパパの気持ちも考えずに、ただただパパのことを責めた。

「何でよ! どうしてママ出ていっちゃったのよ!」

「ごめんなアヤ。みんなパパのせいだ」

本当はパパのせいなんかじゃない。お互いに仕事熱心だったパパとママのすれ違いがだんだん大きくなって、気が付いたときにはもう手遅れなほど気持ちが離れ離れになっていたようだ。

「何で私の気持ちを分かってくれないのよ！」

「分かってるさ。でもどうしようもないだろ。一緒に来てくれないか」

「無理に決まってるじゃない！　私の仕事はどうなるのよ？　アナタの仕事のために、私には仕事を辞めろって言うの？」

「何年か経ったらまたこっちに戻って仕事に復帰すればいいじゃないか。その間だけ少し我慢してくれないか？」

「簡単に言わないでよ！　少しって何年かかるか分からないじゃない！」

「頼むよ！　今回だけは俺の言うことを聞いてくれよ」

「絶対に無理よ！　あなたの仕事ために、何で私が仕事を犠牲にしなきゃいけないのよ！」

「どうしても無理なのか？」

「今やってるプロジェクトは私が提案したものよ！　絶対に外れるわけにはいかない。リーダーの私が途中で投げ出すわけにはいかないの。それにこのプロジェクトは、私にとって大チャンスなのよ！」

パパとママの間で毎日のように口論が続いた。パパの仕事の関係でどうしても都会から地方へ引っ越さなければならなくなったことがママの仕事の障害になった。

毎晩繰り返される2人の言い争いを私は自分の部屋にこもってただじっと黙って聞いているしかなかった。

「アヤ、ごめんね。ママ今のお仕事を辞めるわけにはいかないの。どうしてもパパとは一緒に行けない。分かってちょうだい。本当にごめんね」

結局ママは私とパパより自分の仕事を選んだ。

最後にママは「パパのことよろしくお願いね」と言って、私たちから去っていった。

「嫌だよ！　ママと一緒にいたいよ！　何で？　何で止めないの？　パパ、早くママを連れ戻してきてよ!!」

ママが出ていったあと、私はパパにすがりついて泣いた。

ママが出ていくまで必死にこらえていた思いが爆発した。ため込んでいた耐えきれない辛くて悲しい思いが堰を切ったように溢れ出してきて、自分でも止めることができなかった。

「パパなんか嫌いだ!!　大っ嫌いだ!!」

パパが悪いんじゃない。ママが悪いわけでもない。そんなこと分かってる。2人ともどうしようもなかったんだ。それでも私はやり場のない怒りと悲しみをパパにぶつけるしかなかった。

「ごめんな、アヤ。パパどうしようもできなくて本当にごめんな」

あのときのパパの悲しそうな顔が今でも忘れられない。だからもう困らせたくない。


「じゃあパパは先に寝るよ」

「うん、おやすみ」

夕食を食べたあと、まるで抜け殻のようにボーっとテレビを見ていたパパはそう言うと寝室に消えていった。気のせいかその背中は、何だかひと回り小さく見えた。

いったい何を隠してるんだろう？

さっきパパが部屋で研究所の人と話していたことを思い返してみる。

〝NASAが隠してた〟って何のこと？　たしか、〝あと6日〟って言ってたよね？

理数系が苦手な私にも、パパが言ったロケット計画書の提出じゃないことだけは容易に察しがつく。

「ミナトに聞いてみようかな」

宇宙好きのミナトに相談したら何か分かるかも。

……ダメ。パパのあの口調からすると、絶対に人に聞かれちゃまずい話だ。本当は私だって聞いちゃいけなかったのに。

いったい、何のことだろう?

今日のパパは明らかにいつもと様子が違った。

得体の知れない胸騒ぎを感じた。

5

次の日、私はある決意を胸に秘めていた。

授業が終わると、いつもならダラダラと過ごす放課後の友達とのおしゃべりタイムもせず、ミナトを待つこともなく、学校から家にダッシュで帰ってきた。引退したとはいえ元陸上部だけに学校から家まで走るぐらいわけない。

予定通りパパは研究所からまだ帰ってきていない。誰もいないシーンと静まり返った家の中。それでも用心深く足音を立てないよう廊下を歩いてパパの部屋の前にたどり着く。

「ごめん!」

一応謝りながらパパの部屋に侵入する。私のターゲットはデスクの上にある仕事用のラップトップ。パパは家で仕事をするときはいつでもこのパソコンを使ってる。私が知りたい情報は、この中にあるはずだ。

ホントにいいのだろうか?

いざパパのパソコンを目の前にすると決意が鈍る。

何があっても後悔しない？

自分に問いかけてみる。この期に及んで弱気な自分と強気な自分が心の中で闘ってる。

でもやっぱり答えを知りたい！

そうだ。逃げてるわけにはいかない。聞いてしまった以上、知らん顔はできない。たとえどんな結末が待っていようと、私は真実を知らなければいけないんだ。

「ふぅ〜、よし、いくよ！」

一つ深呼吸したあと、１００ｍ走のスタートポジションに向かうときのように、自分の頬をパチパチ叩いて気合を入れる。パパのラップトップを開いて電源をオンにする。起動音がして画面が立ち上がった。パスワードは簡単だ。私の誕生日だってことぐらい、パパに聞かなくたって予測できる。

パソコンの画面にあるファイルの中から目星をつけたものを開いていく。この中に私が知りたい答えが載っているはず。まるでスパイ映画の主人公にでもなったような気分でドキドキしながらファイルの中身を開く。

「真実かどうか知るには、詳細なデータの検証と確認作業が必要だ」

前にパパがそんなことを言ってたのを覚えてる。そうだ、パパが言う通り、簡単には真実は分からない。

私はファイルを開き、そこに保存されている情報を一つずつ調べていった。

『フェイト彗星の最接近まであと5日に迫りました。現在の予報では7月7日のお天気は晴れ。夜は雲もなく星が綺麗に見えそうです。七夕の夜は織姫と彦星と共に夜空一面に光り輝く箒星の姿をお楽しみいただけますよ！』

テレビではお天気コーナーのお姉さんキャスターが能天気なことをしゃべってる。

パパのせいだ。私がこんな思いをしなきゃいけないのは。娘なんだから隠し事なんかしないで、きちんと説明してくれればいいのに。パパのせいにしても仕方ないけど、誰かのせいにしないと頭がおかしくなりそうだった。

ああ、どうしたらいいんだろう……。

私にできることなんて何にもない。

できればあんなこと知らないでいたかった………。

パパのパソコンで見たもの。データは専門的すぎて私の頭では何が書いてあるのかチンプンカンプンで全然分からなかったけど、データと共につけられていたメモ書きは理数系が苦手な私にだって理解できた。

〈【NASAによるフェイト彗星軌道】

99・99％以上の確率で地球に衝突。

衝突地点はフィリピン沖の海上。7月7日、22時。

核の大きさから計算した結果、地球は壊滅的な被害を受け破壊される。

現時点での地球と彗星の距離から判断して彗星の軌道変更は不可能〉

まだママと3人で暮らしてた頃、パパとこんな話をしたのを覚えてる。

「地球とニアミスする小惑星は大小含めて年間に何百個もあるんだよ。そのほとんどが通過直前か直後まで発見されないんだ」

「え、じゃあ発見されてないやつが突然地球にぶつかることもあるってこと？」

パパに聞いたら地球のそばまでやって来る隕石みたいなものは結構いっぱいあって、直径数10mぐらいの小さいものだと衝突する直前まで観測できないこともあるらしい。

「2013年にロシアのチェリャビンスクに落ちた隕石は、衝突寸前まで発見されなかったんだ。衝突寸前に大部分が燃え尽きたけど、もの凄い爆発の威力で周辺の建物や住んでいる人たちに大きな被害をもたらした。

チェリャビンスク隕石は直径約17mの大きさで、爆発したときのエネルギーは広島に落ちた原爆の30倍以上もの凄まじいものだったんだよ」

ひと口に〝原爆の30倍〟って言われても、それがどれほどの爆発なのか私には想像できないけど、とにかくもの凄い威力だってことは分かる。

「地球に接近する可能性がある小惑星は分かっているだけで1万6000個ぐらいある。そのうち、いつか地球に衝突する可能性がある小惑星が約1800個といわれてる。しかも衝突リスクのある小惑星は毎日5個以上発見されてるから、未発見の小惑星が地球に衝突するなんてことも十分起こり得るんだよね」

「パパの話、何げに怖いこと言ってるよね」

「でも大丈夫。直径10km以上の人類を滅亡させる威力を持つ小惑星が地球に衝突する確率は、1億年に1回とされているからめったなことじゃ地球とぶつかったりしないよ」

パパの話はいつも頭が混乱する。そもそも1億年に1回って多いの少ないの？　めったなことじゃぶつからないけど、たまにはぶつかることもあるってことだよね？

「今から6550万年前に起きた隕石の衝突で、地球が壊滅的な被害を受けた。メキシコのユカタン半島の海に残るチクシュルーブ・クレーターがそのときの跡だよ。直径15kmの巨大小惑星が秒速20kmの速さで地球に衝突したときの衝突エネルギーは広島原爆の約10億倍というもの凄い爆発で、マグニチュード11の巨大地震が起こり、最大300mの巨大津波が押し寄せた。半径1000km以内の生命はほぼ即死。衝突の衝撃で地球環境は大打撃を受けて、恐竜を含む地球上の生物の70%が絶滅してしまったんだ」

その話はテレビでも見たことがある。その衝突から6550万年ってことは、まだ1億年は経ってないけど、いつ同じようなことが起きても不思議じゃないってことになる。

「彗星の本体は〝核〟と呼ばれてる氷で、岩石質や有機質の塵を含んでいるものなんだ。核の標準的な直径は1~10㎞程度で、非常に大きいものではまれに50㎞ほどに達するものもある。質量は直径1㎞程度の彗星で数十億トン単位、10㎞程度の彗星で数兆トン単位であると考えられるから、山がまるまる1つ分に相当する大きさなんだ」

昔、パパがそんなことを言っていた気がする。そんなに凄いものが地球とぶつかったらどうなるんだろう。

パパのパソコンのファイルに保存されていたメモの続きには、こう書かれていた。

〈フェイト彗星の核の大きさは最大で50㎞に達する可能性あり。衝突の際のエネルギーは想像を絶する。熱や衝撃で周辺の生命は一瞬で死に絶え、その後、粉塵が上がり太陽を遮断し数日間で地球全体を覆い暗くなる。万が一、地球が粉々にならず生き残った生物がいたとしても日光が届かないので極寒になり死に絶える。その状態が最低でも数千年は続くだろう。それだけ厳しい環境下で人類が数千年も生きながらえるとは到底思えない〉

〝絶望〟っていう言葉は、こんなときのためにあるんだろう。

5日後に地球は滅亡する。

とんでもなく重大な秘密を私は知ってしまった。

パパに知ってしまったことを言うべきだろうか。

……ダメ！　パパが必死に隠している以上、パソコンを見たなんて言えない。もちろん学校の友達にだって言えるわけないし、ミナトにだって言えない。

彗星が地球に衝突するなんて分かったら、世の中はどうなっちゃうんだろう？　想像しただけで恐ろしくなる。間違いなく世界中で大パニックになって大混乱が起きるだろう。自暴自棄になって暴動を起こしたり、誰彼かまわず襲いかかったり、中には自ら命を絶つ人だって出てくるはずだ。

万が一公表されれば、一瞬で世界が変わってしまう。だからごく一部の人にしか知られないように隠しているんだ。

そんな恐ろしい事実を私は知ってしまった。

「どうすればいいんだろう……」

考えれば考えるほど、どうしていいか分からなくなる。苦しすぎて頭が破裂しそうだ。地球が滅亡するなんて、あまりにも話が大きすぎて私のキャパを超えちゃってる。

「あと5日で地球が終わるなんて信じられないよ」

パパのパソコンを覗き見したのが夢の中の出来事のように感じられて、まるで現実味がない。地球に彗星がぶつかって滅亡するなんて、よくある映画で見たＳＦの世界の話だと思ってた。

「夢なら覚めてよ」

夢ならいつか覚める。でもこれは現実だ。いつまで経っても覚めるわけがない。現実に起きている悪夢だ。どこに逃げても助からない。たとえシェルターに逃げ込んだとしても、その中で生き残れる可能性はほぼ0%だ。私たち人類に逃げ場は残されていない。

「なんで私なの？　私じゃなくてもいいじゃない！」

こんな重大な秘密を私1人で抱えることなんてできない。私はただの中学3年生だよ。世界を救うヒーローでも何でもない。なのになんで私なの？　なんで私が知らなきゃいけないの？

「どうしたらいいの？　教えてよ！」

やり場のない怒りに大声を上げると、何故かミナトの顔が浮かんだ。

「助けてよ、ミナト！」

ミナトに話せたらどんなに楽になれるだろう。

でも話すことなんてできない。

「苦しむのは私1人で十分だよ……」

あまりのショックでそれからのことはよく覚えていない。頭の中がぐちゃぐちゃだ。スマホも見る気がせず、帰ってきたパパとも何を話したのかよく覚えてない。食事のときにパパが心配そうにしていたことだけはうっすらと覚えてる。

秘密を知ってから丸2日間立ち直れなかった。

家でも学校でもずっとふさぎ込んでいた。重く暗い海の底に沈み込んだみたいで、今にも溺れてしまいそうだった。いくらポジティブで立ち直りが早い私でも、抱えきれないほど大きな重圧に押しつぶされそうになるのを必死に耐えていた。

「なんでこんな苦しい目に遭わなきゃいけないいんだろう。誰か助けてよ」

そう言っても誰も助けてはくれない。きっとパパも同じように苦しんでいるだろう。娘の私にも話すわけにいかず、1人でじっと耐えているんだ。

「アヤ、最近どうしたの？　何かヘンじゃない？」

「……べ、別に何でもないよ。ちょっと風邪ひいたみたいで頭痛いだけ」

「大丈夫？　気をつけなよ」

クラスでも、いつもと違って暗い表情のまま話もしない私のことを心配した友達が声をかけてくれる。

この2日間、学校でも授業はまったく頭に入らず、友達ともほとんど話をしていない。いつもなら女の子同士で交わすたわいもないおしゃべりもする気が起きない。

『何かあった？　なんだか様子がヘンみたいだけど』

そんな私のことを気にしたミナトからスマホにメッセージが送られてきても、何て返していいのか分からない。

学校の行き帰りはもちろん、学校にいるときもミナトのことを避けるようにしていた。

ミナトの顔を見たら、すべて話してしまいそうで怖い……。

「ダメ！　絶対に話しちゃダメ！」

今ミナトの顔を見たらきっと泣き出してしまうだろう。だから今は顔を合わせちゃダメだ。

「でも…会いたいよ」

一体どれだけ悩んだだろう。

たぶん一生分ぐらい悩んだと思う。

私には悩んでいた時間が永遠に続く暗闇に感じられた。

6

七夕まであと1日、ミナトと私は2人が住んでいる街から少し離れたところにある動物園に来ていた。

地元の人しか行かないような小さな動物園には、象やキリンやライオンといった大きな動物はいないけど、ヤギや羊、アライグマやリス、モルモットにウサギ、それにペンギン舎やサル山もあって、地元の家族連れには人気のスポットだ。

『明日の日曜日に動物園に行かない？』

誘ったのは私。どうしてもミナトと一緒に行ってみたくなってスマホでメッセージを送ってみた。さすがに面と向かって誘うのは照れるから。

『何で動物園？？』

突然「動物園に行こう」なんて誘われて目を丸くしてるミナトの顔が目に浮かぶ。

『いいじゃん、行こうよ！　行こうよ、ね！』

ミナトが押しに弱いことはよく心得てる。

『分かった。了解』

何回か押したところでミナトから渋々ＯＫの返信が来た。

「……これって初デートじゃない？」

珍しく浮かれてる私がいる。

何がきっかけだったわけでもない。自分でも理由が分からないけど、ある瞬間から私の頭の中から重苦しいものがスッと消えていくのが分かった。空を覆っていた雲の隙間から晴れ間が見えたように、暗闇に包まれていた私の心に一筋の光が差し込んできたような感覚だった。

「私、何悩んでるんだろう？　悩んでたってしょうがないじゃん。ウジウジしてたってどうなるものでもない。間違いってこともあるし、地球とぶつからない可能性だってあるんだから」

そう言って無理やり自分を納得させた。無理にでもそう思い込もうとした。いつまでも悩んで落ち込んでいても始まらない。残された時間はわずかなんだから、このままふさぎ込んでいたらもったいない。どうせなら残りの2日間を楽しく生きよう。そう思えたら今まで悩んでいたことが何だかバカバカしくなってきた。

「未来のことなんか誰も分からない。だから心配したって仕方がない。今この瞬間を大事に生きなきゃもったいないよ」

もともとの性格がポジティブだってこともあるだろう。ママが出ていったあとも最初は泣いてばかりいたけど、3日も経つとふっきれて「これからは自分のことは自分で何とかしなきゃ」って思えるようになっていた。やっぱり立ち直りが早いほうなんだ、私って。

人間なんていつ死んじゃうか分からないんだから、余計なこと考えずにもっと自分のやりたいことをして生きればいいんだよ。

人間って不思議だ。極限状態になると、余計なものをそぎ落として凄くシンプルになるみたいだ。

「好きか嫌いか」

「やりたいかやりたくないか」

人間って本来は凄く単純な生き物なのかもしれない。今の世の中はいろいろ難しく考えすぎて複雑になってる気がする。みんなもっと自分に正直に生きればいいのに。

「明日のことを心配してもしょうがない。明日のことを気にして今が楽しくなかったら意味ないじゃん」

そう考えたら気持ちがスッと楽になれた。

もう悩むのはやめた。もしも明日地球が終わるとしても、残された時間を私の生きたいように精いっぱい杯生きるんだ。

するとなぜか、ミナトの顔が浮かんできた。

「どうして私、ミナトのことがこんなに気になるだろう」

ひょっとして私……。

「動物園が初デートだね！」

ちょっと女の子っぽい口調でわざと言ってみる。

「デ、デートって、何言ってんだよ」

〝デート〟という言葉にミナトはちょっと動揺して顔が赤くなった気がした。

「いいじゃん。今日ぐらいはすべてを忘れて思いっきり楽しむんだから」

ファッションだって今日はいつもと違う。初デートに合わせて女の子っぽいコーディネート。ママに買ってもらった白いシースルーのトップスにデニムのスカート、それにお気に入りの白いスニーカー。私的にはこれでも相当気合入れてきたんだから。

「それにしても暑いよなぁ」

そんな私の気持ちに気づくわけもなく、ミナトがつぶやく。

確かに暑い。7月の太陽はじりじりと照りつけて、少し歩くだけでも汗ばんでくる。余裕で30度超えだろう。動物たちもみんな暑そうだ。

それにしても動物園に行きたいなんて思ったのはいつ以来だろう。

そうだ。小学校3年生の夏休みに家族で上野動物園にパンダを見にいったとき以来だ。

あの日も確か暑かったっけ。

「ペンギンかわいい！　ねえ、ここで写真撮ろうよ」

「写真？　いつも嫌がるのに珍しいじゃん」

写真は嫌いだ。写真用スマイルをつくったり、ポーズ取ったり。いかにも女の子って感じでワチャワチャしながら写るのも苦手。ニッコリ笑ってピースとか絶対にしたくない。

私が写真嫌いになったのはママがいなくなってから。昔は嫌いじゃなかった。小さい頃はどこかに出かけると、必ず家族一緒ににっこり笑って記念撮影をしていた。上野動物園に行ったときも、もちろん撮った。

でも家族からママの笑顔が消えた。ママの笑顔が消えたら、私も笑えなくなった。だから写真が嫌いになった。ミナトとも一緒に写真を撮ったことはなかった。

「ここがいいよ！　ここで撮ろう！」

ペンギン舎の前でスマホを取り出す。

「何でペンギン？」

「ミナトに似てるじゃん。歩き方とか」

「ぜんぜん似てねーし！」

きっとペンギンには暑すぎる気候なんだろう。動くのが面倒だとばかりに立ったままじっと動かないペンギンもいれば、暑さから逃れるように水の中で気持ち良さそうに泳いでるペンギンもいる。

「ペンギンってさ、どうやって数えるか知ってる？」

ミナトは少し考えてから、

「1匹、2匹じゃないの？」

星の知識じゃ負けるけど、ペンギンなら私のほうが詳しいみたいだ。

「1羽、2羽っていうんだよ。ペンギンは魚じゃなくて鳥だから羽って数えるんだって」

「へえ、そうなんだ」

「南極に行きたいと思ってたときがあって、いろいろ調べたことあるんだ。小さい頃〝ペンギン博士〟って呼ばれてたんだからね」

ペンギン博士は盛ってるけど。

「ハイ、チーズ!!　ピース!!」

思いっきりベタなノリで撮ってみる。2人で一緒に写った初めての写真。ミナトはちょっぴり恥ずかしがっていた。

それから私たちはサル山やアライグマ、ヤギ、羊、カピバラ……結局ほとんどの動物たちと一緒に写真を撮って回った。

「ちょっとベンチで休もうよ」

ハイテンションで(もちろん私のほうが)動物園をひと回りしたところで、ミナトがベンチタイムを要求する。自販機で冷たい飲み物を買ってベンチに座る。歩き回って汗ばんだ身体は水分を欲していたようで、喉から流れ込んだ冷たいお茶がスーッと吸収されていくのが心地いい。

「久しぶりに来たけど動物園って楽しいね」

ベンチに座って周りを見渡してみる。家族連れにカップル、友達同士やグループ、みんな笑顔だ。動物たちの鳴き声、子どもの笑い声、平和で幸せな時間。

あの日家族で行った上野動物園もこんな景色だった。周りの人たちから見た私たち3人も幸せな家族に見えただろう。パパもママも、そして私も、みんな笑ってた。

「みんな幸せそうだね」

ここにいる誰も明日のことを知らない。

きっと知らないほうが幸せなんだ。未来に起こることなんて知らなくていいんだ。

だって未来は希望に溢れているほうがいいに決まってるから。

「何か平和だなぁ」

こうしてミナトと一緒にいると嫌なことも忘れられる気がする。せめて今だけは忘れよう。この瞬間を楽しむんだ。

「そろそろ行こうか」

気がつくと動物園の閉演時間が近づくアナウンスが流れていた。楽しい時間は本当にあっという間に過ぎていく。

「ここでミナトくんに質問です！」

「何だよ、急に」

私はわざと大袈裟なオーバーアクションでテレビのクイズ番組みたいに質問した。

「もし明日地球が滅亡するとしたら、アナタは何をしたいでしょうか？」

「はぁ〜⁉」

突然そんなこと聞かれたら困るに決まってる。だって普段からそんなこと考えて生きている人なんていないから。

「ほら、よく映画とかドラマであるじゃん。人類が滅亡しちゃう系のやつ」

「……急に言われても思いつかないよ」

「もしも、もしもの話ね、明日地球が滅亡するとして何したい？」

ミナトは「う〜ん」とうなって考えたあと、ひねり出すようにして答えた。

「そうだなあ、やっぱり星が見たいかな」

ミナトらしい答え。地球が滅亡するのに星が見たいって。

「じゃあアヤは？　もし明日地球が滅亡するとしたら何したいの？」

「えっと、そうだなぁ、私はね……」

「何？」

「……ナイショ！」

「また内緒かよ。人に言わせといて自分は内緒ってずるいじゃん」

口をとんがらせてちょっとむくれるミナト。こんなふうに2人でじゃれ合ってる時間が今は愛おしい。

「じゃあ明日の七夕の日までに考えておくね」

7月7日の七夕まであと1日。

家に帰ってから、動物園で撮った写真を何度も何度も眺めていた。

スマホの画面には、幸せそうに笑う私と、楽しそうにおどけるミナトがいた。

7

今日はパパと一緒に食卓を囲む最後の日。

動物園から帰ったあと、スペシャルメニューでパパの好きなものばかりつくった。ちゃんと下ごしらえしておいたパパの大好物の目玉焼き乗せハンバーグに煮魚、それにトマトサラダに豆腐とネギのお味噌汁、キュウリの浅漬けも付けちゃう。

パパと私の最後の晩餐だ。

「動物園はどうだった？　楽しかった？」

「うん。凄く楽しかった。ペンギンがかわいかったよ。ミナトに〝ペンギンに似てる〟って言ったらむくれてたけど（笑）」

いつもと変わらない、とりとめもない会話で食卓の時間が流れていく。パパも明日のことを意識しているんだろう、どこか無理して普段と変わらないようにふるまってるように感じる。

もっともパパは、私にパソコンを見られたことも、実は私があの秘密を知っていることにも、気が付いていないだろうけど。

「今度、パパもミナトくんに会ってみたいな」

「パパと同じで宇宙好きだから、きっと話が合うと思うよ」

「今度の休みの日にでもうちに連れてくればどう?」

「そうだね。聞いてみる」

今度の休みはもう来ない。パパだってそんなことは分かって言ってる。

「最近学校はどう?」

「楽しくやってるよ。もうすぐ夏休みだから遊びに行く計画を立てる子もいるかな」

「そうか、もう夏休みか。早いなぁ」

その夏休みはもう来ない。信じられないけど。

「パパ、あのさ」

「うん? 何?」

「あのね、明日の七夕なんだけど、ミナトと一緒に星見ようと思うんだ。ほら、ミナトって天文部だから天体望遠鏡とか持ってるしさ。彗星が一番近くを通るんでしょ? それに織姫と彦星、見たいんだよね。明日は天気いいみたいだし。夜に出かけてもいい?」

「明日は七夕か……」

「パパも楽しみにしてたじゃん。彗星見るの」

「そうだね、行ってらっしゃい」

「パパありがとう！」

「あんまり遅くならないうちに帰ってくるんだよ」

「パパはどうするの？」

「そうだなぁ、パパは1人寂しく天体ショーを楽しむとするかな。あははは」

パパの口の左端がピクピクしていたのを私は見逃さない。

それを見て私は思い切って切り出した。

「七夕なんだからさ、パパも一番会いたい人に会ったほうがいいよ。明日会いに行ってきなよ」

「会いに行くって誰に？」

「ママに!!」

「ママ!?」

思いもよらない私の提案に、パパは驚いている。

「ママに会いに行ってくればいいじゃん。会いに行ってきなよ」

「会いに行くったって……」

困ったような顔でつぶやくパパ。

「私、知ってるんだからね。パパがまだママのこと好きだってこと」

「アヤ……」

「ママだってきっとパパに会いたいと思ってるはずだよ」

今まで我慢して言わなかったけど、今日は言うんだ。だって明日会いに行かなければ、もう二度とママに会うチャンスはないんだから。

「こっそりママに連絡しといたんだ。『七夕の日にパパが会いに行くかも』って」

「アヤ、お前……」

パパには悔いを残してほしくない。もちろんママにも。だから私にできることは何でもしてあげたいんだ。

「ママから返信が来たよ。『待ってる』ってさ。だからパパ行ってあげてよ」

「ママに迷惑かけちゃうだろ」

「迷惑じゃないって！　ママだって会いたいんだよ、ホントはパパに」

「そうは言っても……」

相変わらずパパは宇宙以外のことになるとまるでダメだ。仕事以外は優柔不断でホント頼りない。ホントは凄くママに会いたいくせに。

「明日会わないと、もう二度と会うチャンスないよ！　明日はママと一緒にいてよ！」

「う〜ん……」

それでもまだ考え込んでいるパパにしびれを切らした私は、とうとう我慢できずに思いのたけをぶちまけていた。

「最期の瞬間に私はミナトと一緒にいたいの！　だから、パパも最期の瞬間ぐらいは大好きなママと一緒にいてよ！」

「えっ？……〝最期の瞬間〟って……アヤお前もしかして…」

パパは何か言いかけた。でも何かに気づいたように私を見ると、優しく頷きながら微笑みかけてくれた。

「分かったよ。明日ママに会いに行ってくる。ありがとう、アヤ」

「よかった」

でも本当のことを言うと、ママは「仕事が忙しい」って断ってきた。でも今回ばかりは私も諦めなかった。

『ママどうしてもパパに会ってあげて。お願いだから1年ぶりにパパと会ってほしい。これがママへの私の最後のお願い。一生のお願いだから！』

今までママにここまで必死にお願いしたことはなかった。ママからは「パパと会う」という明確な返答は来なかったけど、ママも分かってくれたはず。

「あ〜あ、私の一生のお願い使っちゃったよ」

きっと大丈夫。パパが会いに行ったらママだって会ってくれるはず。

だって今は離れちゃったけど、私たち3人は家族なんだから。

8

7月7日——運命の日がやって来た。

今日で地球が滅亡するというのに、世の中はいつも通りの日常が過ぎていく。

学校ではいつもと変わらない日課を過ごしたし、テレビをつければバラエティ番組で芸人たちが騒いでいる。相変わらず情報は極秘にされていて、世の中のほとんどの人は彗星が衝突するなんて夢にも思っていない。どこを見ても何も変わらない日常。残酷なほど普段と変わらない時間が流れてる。何だか私だけが別世界にいるみたいだ。

「きっと間違いだよ。地球にぶつかるなんて何かの間違い。NASAの計算ミス」

そうつぶやいてみても現実は残酷だ。空を見上げれば、ますます大きくなった彗星が明るいうちから肉眼ではっきり見えるほど地球に接近している。

確実に刻々と〝そのとき〟が近づいていた。

「フェイト彗星」は英語で「Comet Fate」。

「Fate」の意味を辞書で調べてみたら「運命」とか「宿命」、「未来に必ず起きること」「避けては通れないこと」って意味だ。

見つけた人の名前がフェイトだから付けたらしいけど、今思えばずいぶん意味深な名前だ。〝運命の彗星〟が地球に衝突して滅亡するなんて。ひょっとすると地球は最初からこうなる運命だったのかもしれない。

「パパ、行ってくるね」

小声でそっとつぶやいて家を出る。

その日、いつもより早く起きた私は、まだパパが寝てるうちに家を出て学校に向かうと決めていた。

「最後にパパの顔を見ると泣き出しちゃいそうだから、パパの顔を見ないで行こう」

だって今日パパはママに会いに行くんだから、泣いてお別れなんてしたくない。

いつものようにパパの朝食をつくり、テーブルの上に置いて出かける。

その横にパパ宛てに書いた最後のメッセージを添えておく。


『パパ、ちゃんとママに会いに行ってね！

今までありがとう！　大好きだよ!!』


七夕の日、日没時間まではまだ少し間がある夕暮れ時。日はすっかり西に傾き、夏の空は綺麗な夕焼けに染まっている。いったん学校から帰った私は、ミナトと約束した待ち合わせ場所に向かう。

私が帰ったとき、パパはもういなかった。朝ご飯をきれいに食べて後片づけをして、パパ宛てに置いてきたメッセージもなかった。パパは私が残したあのメッセージを携えて、ママに会いに行ったんだろう。

「ミナト、お待たせ！」

約束の7時に待ち合わせ場所の学校の前に着くと、この前と同じようにミナトは先に着いて待っていた。

「言われた通りに制服で来たよ」

「オッケー！」

事前にミナトから「七夕の日の観測は制服で来るように」と部長命令を出されていたのを忘れてはいなかった。もちろんミナトも制服だ。

「じゃあ行こうか」

「ミナト部長、今日はどこで観測するんですか？」

わざとあらたまって聞いてみる。

「アヤ仮入部員、今日は天文部しか入れない、とっておきの場所に行くぞ」

「何それ？　どこ？」

私の質問には答えずにクルっと後ろを振り向くと、ミナトはすでに閉まっている校門の少し横のほうにある通用口から学校の中に入っていく。その手には懐中電灯と、この前の天体望遠鏡が握られている。夏休み前で忙しいのか、まだ学校に残っている先生も少しいるみたいで昇降口の扉は開いていた。ミナトと私は静かに校舎の中へと入っていく。校舎の中はもう暗かった。

「夜の学校を探検しようか」

ミナトがおどけたように言う。

「行きましょう！　隊長」

私も調子を合わせてみる。「制服で集合」の意味が今分かった。校舎の中に入るからだったんだ。

「何だかドキドキするね。誰もいない学校って」

こんな時間に学校に入るのは初めて。陸上部のときも練習はもっと早く終わってた。もっとも私は練習熱心じゃなかったけど。

「ちょっと怖いかも」

電気が消えて誰もいない廊下はシーンとしていて、消火器の場所を示す赤いライトだけが浮かんでいる。

「見かけによらず怖がりだなぁ」

「見かけによらずって失礼な。これでも15歳のか弱い乙女ですから」

「自分でか弱い乙女って言うか？」

軽口を叩きながらミナトは慣れた様子で、辺りも気にせず階段をずんずん上っていく。

「どこ行くの？」

「ついてくれば分かるよ」

ちょっぴり不安な私のことなど置き去りにするように、私の先に立って階段を一番上まで上り切ると、屋上に続く扉の前に立ってポケットからカギを出す。

「カギどうしたの？」

「星を観察するときは顧問の先生に言って貸してもらうんだよ。天文部の特権だね」

扉を開けて屋上に出ると、太陽が姿を隠した空は夜の闇へと移り変わろうとしていた。

屋上から遠くの街を眺めると、点々と住宅の灯が見える。

「屋上なんて初めて来た」

私がそうに言うと、ミナトはちょっと得意そうに返す。

「オレは何回も来てるよ。天文部の活動場所だからね」

気がつくとすでに暗くなった屋上は、懐中電灯の灯がないと足元も見えにくい。

「学校の屋上がこの辺で一番高い場所なんだ。周りは真っ暗だし、天体観測するにはもってこいだよ。まあ天文部の……っていうかオレの秘密基地みたいなもんだね」

「夜の屋上に1人でいるって怖くない？」

「もう慣れちゃった。そんなことよりさ、上見てみなよ」

ミナトに言われて空を見上げてみた。

いつの間にか空にはたくさんの星たちが輝き出していた。その中でもひときわ大きく青白く輝いているのがフェイト彗星だ。

「織姫と彦星ってどれだっけ？」

「こと座のベガとわし座のアルタイル。天の川の両側にある、あの星とあの星だよ」

屋上にセットした天体望遠鏡を通して見る織姫と彦星はキラキラと瞬くような光を放ち、七夕に合わせて一段と輝いているように感じられた。

「織姫と彦星、ちゃんと天の川を渡って会えるかな……」

きっと今頃、パパとママも織姫と彦星みたいにどこかで会っているだろう。昔みたいに笑顔でおしゃべりしているだろうか。

「アヤってさ、将来何になりたいの？」

天体望遠鏡を覗いていたミナトが急にそんなことを聞いてきた。

「え？　将来？……あんまり考えたことないなぁ」

ミナトに言われて気が付いた。今まで〝将来の自分〟なんて考えたことがなかった。地球が終わる日に、将来について考えるなんて、なんていう皮肉だ。

「そうだなぁ……ちっちゃいときは、戦隊モノのピンクになりたかったかな」

「何だそれ？　でも、アヤならなれそうだよ」

「それ褒めてる？　バカにしてる？」

「その両方。アハハハ」

空を見上げると、彗星はさらに大きくなっていた。今にも落ちてきそうなほど、地球のすぐそばまで近づいてきてるみたいだ。

「そういうミナトは？　将来何になりたいの？」

ミナトは自分の思いを噛みしめるように答える。

「オレの夢は天文学者になること。星とか宇宙のことをもっともっと知りたいんだ」

「なれるよ！　絶対になれる！　ミナトの夢がかなうように私応援する！」

「おお、それは心強いなあ」

「思ってないくせに」

「バレた？　アハハハ」

ミナトの天文学者になる夢も、私の戦隊ピンクも、世界中の人たちの夢も、悲しいけど絶対にかなわない。私たちに未来は来ないのだから。


フェイト彗星が45度以上に広がった長い尾をたなびかせながら、着実に一歩ずつ地球に向かって近づいてくるのがはっきりと分かる。

「凄いな～！　こんなに凄い彗星は一生のうちにもう見られないだろうね」

望遠鏡で彗星を見ながらミナトが興奮してることが手に取るように分かる。

「天文部の部長として感想を述べれば、史上最高の天体ショーだよ」

ミナトは知らない。この天体ショーが終われば、すべてが終わることを。

史上最高の天体ショーは、私たち人類にとって史上最悪の天体ショーだ。

刻一刻と近づく彗星を見ながら、私はミナトに話しかける。

「この前の質問にお答えするね」

「質問って何だっけ?」

「もし明日地球が滅亡するとしたら、アナタは何をしたいでしょう? っていう質問」

「ああ、あれね」

私は天体望遠鏡を覗くミナトの横顔を眺めながら、ゆっくりと答えを告げた。

「もし明日地球が滅亡するとしたら……私はミナトくんと一緒にいたいです」

「えっ!?」

「それが私の答え……」

一瞬戸惑うような表情をして天体望遠鏡から目を離したミナトは、誤魔化すように笑いながら言った。

「まあでも明日地球は滅亡しないからさ。大丈夫だよ」

そうだね。地球が滅亡するなんて信じられないよ。でも明日じゃなくて今日なんだ。もうあと1時間もないんだよ。

「ねえ、彗星って流れ星でしょ？」

「うん、まあ流れ星って言えば流れ星かな」

「じゃあさ、流れ星に何か願い事しようよ。あんなに大きいんだもん。今までで一番大きな願い事をしようよ」

彗星はすでに夜空の3分の1近くを覆うほどにも感じられる。ミナトはその青白く輝く彗星のほうに顔を向けている。

「願い事かぁ。何お願いしようかなぁ」

そうつぶやくミナトの優しい横顔を見ていたら、ふいに涙が零れてきた。

「あれ？　何泣いてんだよ？」

泣いている私を見て、ミナトが不思議そうに尋ねる。

「だって彗星があんまり綺麗だったから」

「彗星見て泣くか？」

頬を伝う涙を拭いながら、私はミナトと出会った日のことを思い出していた。

図書館で宇宙と星の本を読んでいるキミを見た瞬間から、きっと私はキミのことが好きだったんだ。そのことにようやく今気づいたよ。

「ミナト、あのさぁ…」

「何？」

「……やっぱりいいや」

「何だよ、ヘンなやつだなぁ」

優しく笑いながらミナトは再び彗星のほうに顔を向けた。

「キミのことが好きだよ」

思わず口から零れそうになった言葉を飲み込んで、私も彗星のほうに目を向ける。

「願い事するときは、ちゃんと目を閉じてお願いしないとダメだからね」

「分かった」

私の言葉にミナトは素直に目を閉じる。

目を閉じたミナトの左手の小指に私は自分の小指をそっと触れてみる。

「何!?」

驚いたように目を開けて私を見るミナト。

「願い事がかなうおまじない」

ミナトの左手の小指と私の右手の薬指を絡めてみる。

「こうして小指と薬指を繋いで2人が一緒に同じ願い事をするとかなうんだって」

初めて触れたミナトの指。

小指を通して感じるミナトの体温。

今私たちは確かに生きている。

私はミナトのぬくもりを指先に感じながら、心の中で静かに願い事をしていた。

――明日も明後日もそのあとも、ずっとキミと一緒にいられますように

目を開けると、ミナトはもう目を開けて私のことを見ていた。

「ちゃんと願い事した？」

「したよ。内緒だけど」

そう言って微笑むミナトに私も静かに微笑み返す。

空を見上げると、さっきよりさらに大きくなった彗星は確実に地球に近づいている。

「もうすぐ最接近の時間だ。しっかり目に焼きつけないと」

彗星の衝突までもう30分もない。彗星が近づくにつれて、辺り一面が明るくなっていく。満月だってこんなに明るくはない。まるでこれから夜が明けるみたいな明るさだ。間違いなく、この世で一番明るい夜。

「明るいね。夜じゃないみたいだ」

ミナトが明るい声で笑う。

今夜が明けて明日になれば、ごく普通の日常に戻り、またミナトと一緒に学校に行く毎日が始まるような気がする。

「何だか夢を見てるみたい。これって現実？　私たち夢を見てるんじゃないのかな？」

思わずそうつぶやいた私にミナトが返す。

「本当に夢かもしれないね」

それなら、こうしてミナトと一緒にここにいることも儚い夢なのだろうか。

彗星は夜空いっぱいに広がり、今にも地球に襲いかかろうとしている。いよいよ地球が最期の時を迎える運命の瞬間が迫っていることが、目の前で繰り広げられている天体ショーから分かる。

「ねえミナト、さっき何て願い事したの？」

「アヤは何て願い事したんだよ？　アヤのほうから教えてくれたらオレも言うよ」

イタズラっ子みたいな顔で聞いてくる。

「私の願い事はね」

流れ星に願い事を告げるように、私はさっき心の中で願ったことを言葉にした。

「明日も明後日もそのあとも、ずっとミナトと一緒にいられますように」

そうつぶやくと私はミナトの手を握りしめた。

彗星は夜空を燃やし尽くすような明るさで飛び続け、最終到着地点であるフィリピン沖に向かって突き進んでいく。

「最接近まであと3分だ」

腕時計に目をやったミナトが運命の時を告げる。

あと3分で私たちの時間は永遠に止まる。

その瞬間、私たちはみんな宇宙の星屑となって消えてしまうのだろうか。

「ねえミナト、私たち織姫と彦星になれるかな?」

きっと今頃、パパとママも織姫と彦星になっているはずだ。

「さっきの願い事だけどさ」

独り言のようにミナトがつぶやいた。

「オレもアヤと同じ」

「え?」

「ずっとアヤと一緒にいられますようにって」

私は静かにミナトのほうを向き、脳裏に永遠にその顔を焼きつけようとしていた。

「ずっと一緒にいられるといいね」

「うん」

私が頷く。

そのとき、はるか彼方から、地球が終わりを告げる音が聞こえた。

私は強くミナトの手を握りしめていた——。


(了)

Lv.17の勇者

一九九九年、七か月
空から恐怖の大王が来るだろう
アンゴルモアの大王を蘇らせるために
『ミシェル・ノストラダムス師の予言集』　百詩篇第10巻72番

今日も魔物が出現する時間帯になってしまった。

オレは身を屈めながら、魔物が待ち構えているであろう正門を、2分ほどかけて迂回し、ソロソロと裏門から敷地に侵入した。眼前に広がる約100m四方の砂漠。砂に引かれた6本の白線は、踏むごとに体力が削られてしまう。オレはホワイトラインを避けようと大股でジャンプをする。着地した左足に力を入れて、また跳ぶ。周囲に誰もいないことを確認し、一気に加速し砂漠を走り抜け、急いで城内へと忍び込んだ。午前8時19分。約束の刻《とき》まであと1分、階段を2段飛ばしで全力疾走すれば間に合うが、入り口で〝ごむのくつ〟に履き替えなければならないという不思議な規則が存在する。

「オイ!」

背後からの怒声に恐る恐る振り返る……。〝じごくのもんばん〟が現れた。

「何回遅刻すれば気が済むんだ！　あと、靴の踵を踏むなって何度も言ってるだろうが」

門番もとい、体育教師の森沢の平手が飛んできた。頭に響く理不尽な鈍痛。誰にも迷惑をかけていないのに、なぜこんな目に遭わなければならないのか。再び攻撃を受ける前に、必死で頭にコマンドを浮かべる。

▽向かい風が強すぎて自転車が思うように進みませんでした
▽家の時計が7時30分を指したまま止まっていました
▽重い荷物を持っていたおばあちゃんを助けていました

だめだ。どれもすぐに嘘とバレて、火に油を注ぐ結果になりそうだ。

「すみません、寝坊しました」

当たり障りない嘘をついて、目を合わせないようにしながら上履きに履き替える。森沢は「何度寝坊すれば気がつくんだ。いい加減にしろよ。早く行け！」と、オレの顎をクイっと押した。「すみませんでした」と適当に流し、教室へと小走りする。遅刻の本当の理由を話しても理解されないし、言っても無駄だからやめた。

西暦１９９９年７月１日。もういつ恐怖の大王が空からやってきてもおかしくない頃合いである。ノストラダムスの予言書にはそう書かれている。

今日かもしれないし、明日かもしれない。だからオレは今朝も秘密の場所で特訓をしていたのだ。実際、森沢は魔物ではなく人間、教師であるから、〝その日〟がきたら彼のことも守らなくてはいけない。

オレは勇者をやっている。誰かに任命されたわけでもないが、その自覚がある。

扉が全開になっていた教室に入り、中央の最後列に着席する。

顔だけ〝いどまじん〟に似た担任の福島はまだ来ていない。教室は今日もうるさい。周囲の話し声の内容を耳に入れてないでいると、教室の談笑がひとまとまりになって、「ワヤワヤワヤワヤ…」と塊のような音に聞こえてくる。自分は人と群れるのが好きではないが、この反響するワヤワヤの音はファミコンのBGMにありそうで不思議と嫌いではない。

「はい、おはよう！　ホームルームを始めるぞ」

繰り返す。今日は1999年7月1日。教室の時計は午前8時23分を指している。恐怖の大王はこの瞬間にやってきてもおかしくないというのに、福島はクラスで一番真面目でテストの成績が良い三田の前髪がパッツンであることをイジっている。

高校3年生になって3か月が経ち、オレはクラスメイト全員の名前を完璧に暗記した。この中から恐怖の大王と共に戦う仲間が見つかるかもしれないから、4月に渡された名簿と顔を毎日照らし合わせて記憶したのだった。

「今日は3限目に英単語の小テストがあるからな。まだ時間があるから、みんなギリギリまで覚えるように。まあ、三田はきっと満点だろうけどな」

担任の福島がこう言った。

「いえいえ、そんなことないです」

謙遜しているが、努力家の三田は、このクラスで一番の魔法使いになれるだろう。以前、テストの返却の時にチラッと解答用紙を見たが、オレが読むことのできない綺麗な筆記体で単語が書き連ねてあった。化学部に入っている彼が放課後にビーカーや薬品を使って炎を発生させているのを見かけたこともある。あれは紛れもなく爆炎の魔法。あの時は声をかけられなかったが、ぜひ仲間に加えたい逸材だ。

「ねぇねぇ」と、左隣の席から突かれた。長い爪が左手首にツンツンと触れる。

「黒澤ぁ、小テストの範囲、どこだか分かる？　ウチ、ちゃんと聞いてなくて」

周りからはクラスで一番のギャルで、常に〝ルーズソックス〟なるユルユルの靴下を装備している内山に話しかけられた。いくら勉強したって世界の秩序は崩壊するんだし、模試もセンター試験もへったくれもない世界がやってくるというのに。

「ノート取ってない」

「まじ。ウチらチョベリバだね〜。終わったじゃん」

何が面白いのか分からないが、内山はそう言って茶髪の巻き髪を触りながら白い歯を見せた。

チョベリバ――。この間もそう言ってクラスの女子たちと笑い合っていたが、これは一体何の呪文なのだろう、といつものように想像を巡らせる。

回復系ではなさそうだし、相手を混乱させる呪文のような響きもある。ただ、チョベリバ以外に「チョベリグ」と唱えているのも聞いたことがあるから、威力が進化する系の攻撃呪文なのだろう。そのうち全体攻撃の「チョベリゴン」も覚えるはず。

内山は、自分に背を向けて他の席に向かってテスト範囲を聞いている。学年全体を見渡しても、彼女ほど日焼けしている女子はいない。昼休みに廊下で別のクラスの女子と親しげに喋っていたのを見かけたが、友人も黒かった。

「黒澤ぁ、範囲のページこれだって。Aから始まる英単語20個。こっから10個出るって。今のうちにメモしときなよ」

Acknowledge、Adjust、Analyze……。

意味も分からなければ、何と読むのかさえ分からないが、機械的に「ありがとう」と言って単語を書き写す。覚える気はない。ただ、せっかくの厚意を受け取らないのも気が引けるからそうした。

「まじ覚えられる気しないわ〜。あ、写させてあげたんだから1単語100円ね！」

何も返せずにいると、内山はジョークだよ、と言いながら軽くオレの背中を叩く。オレからノートを取り上げると、繰り返し同じ英単語を書きながら、「Acknowledgeは〝認める〟。Adjustは〝適応する〟……」なんてぶつぶつ繰り返していた。

人類は滅亡の危機だっていうのに、内山は何のために英単語を覚えるの？　聞いてみたくなったが、集中しているようなのでやめた。

魔法使いの三田も担任にハッパをかけられたからか、背中を丸めて机にかじりついている。オレは席を立って窓際のドアを開け、ベランダに出た。生徒会の女子がプランターのパンジーに水をやっている。それを横目に、手すりに体を預けて天を見上げた。恐怖の大王が降りてくるというのに、青空はどこまでも澄み渡っていて透明感が抜群だった。

2

通っている高校から自転車で5分、自宅からは逆方面に走ったところに、〝異重力の河川敷〟がある。でこぼこな地面を踏み鳴らし、足首くらいの高さの草むらをずんずんと進んだ先にある高架下の空き地。

黒く変色したタバコの吸い殻が数本とアイスの包装紙が落ちているが、まだ誰とも出くわしたことはない。勇者をやっていることは、中学時代の同級生に知られて散々な目に遭ったから、高校入学を機に隠している。幸い、同じ中学の生徒はいなかった。

できるだけ汚れていない緑の雑草に、ブレザーをそっと投げ置く。肘がうまく曲げにくいからワイシャツの袖が嫌いで、高1の頃から切り落として着ている。今日の風が素肌に当たって気持ちがいい。初めて袖を切って登校したときは学校中が騒ぎになり、当時の担任から「誰にやられた？」と心配がられたことを思い出す。

フーッと体内の酸素を全部吐き出して、足を大股開きに。拳を握りしめ静かに目を閉じる。肌に触れる空気を感じる。全身の感覚を研ぎ澄ませた——その刹那、素早く右半身を後ろに引かせ、左肩を外に捻りながら右手の拳を開き、虚空に放つ。

鉄をも切り裂く　猛虎碧山掌《もうこへきざんしょう》!!

この練習を毎日、何度も何度も繰り返してきた。

高2の新学期に見つけたこの空き地は、人がおらず、自然の音だけが聞こえるからか、何か時間の流れが異質に感じられる。修行にもってこいの特殊な空間で、オレは毎日技を振るい、今日も腕を磨く。

「猛虎碧山掌」の他に、真空状態で放つ「ビッグサンダーウェーブ」もある。ノートには編み出した必殺技がいくつもストックしてあるが、それを知る者はこの世界に誰ひとりとしていない。門外不出の秘伝の書は自室の引き出しに鍵をかけて仕舞ってあるので、母親でさえも。

小学生のときに野球を習っていた弟のバットに数本の釘を差し込んだ〝とげこんぼう〟、工事現場から拾ってきた鉄の板をコンクリートにこすり付けて成形した〝勇者の盾〟、同じく拾った鉄パイプをもとに鋭意製作中の〝勇者の剣〟も部屋の押し入れに隠してある。学校が休みの日にコツコツ創作したオレの武器たち。

まもなく、世界を終わらせる大王がやってくる――が、人類は無力だ。だから他の誰でもない、オレが世界を救うのだ。選ばれしものの宿命……勇者としての自覚がオレにはある。

あれから頭上を何本もの電車が通り過ぎ、すっかり辺りは暗くなってしまった。汗だくだが、タオルは持ってきていないので、そのままブレザーを羽織る。自転車に跨り、家路へと急ぐ。夕食の時間に遅れると母がうるさい。

10分ほどの自転車の旅は、自分にとって唯一ともいえる癒しの時間だった。それは、幼い頃から続けている音楽の時間。

自転車のカゴの中には、空き缶が4つ入っている。自販機から出てきたままの形をしているものもあれば、大きく凹んでいたり、つぶれているものもある。坂道を下ると、カゴの中で缶がぶつかって、カラン、カランと音色を奏でる。缶の当たりどころ、道の環境によって鳴る音がまるで違うのが面白い。時折、スッと気持ちいい「カロン!」とした音が鳴ったときの快感は何物にも代え難いものがある。

中2の夏休みは、その究極の響きを求めて毎日2時間ほど〝いい坂道〟を往復することに費やした。今日の音色は可もなく、不可もなくといったところか。

いつもならグラウンドが真っ暗になった自分の高校を通り過ぎて、三丁目の自宅へと向かうが、今日は少し遠回りして、〝いい音のしやすい坂道〟の方面から帰ることにした。

ブレーキから指を離し、一気に坂を駆け降りる。だが、カランカランと響くだけで、いい音が鳴らない。

これは、缶の問題であることが多い。サイズの違う缶を入れると音にバリエーションが出ていい音が鳴りやすいが、現在のストックは4本中2本がコーラ。缶が多いほうがいい音が鳴るが、当然、カゴからはこぼれやすい。

辺りを見回すと、「いちごみるく」の空き缶が電柱の根元に捨ててあった。小ぶりで頑丈なこのスチール缶とアルミ製のコーラ缶のサイズのギャップが意外とマッチするかもしれない。そう思いながら自転車を止めて拾い上げると、裾の長いスカートが視界に入った。

「リサイクルに出すんですか。偉いですね」

夜道で突然話しかけられて驚いた。顔を上げるとそこには、他校の制服を着た女生徒が立っていた。肩には学校指定とおぼしき通学カバンが下げられている。

「いきなり話しかけてすみません。私、そこの女子校に通っているんですけど、他校の生徒さんがゴミ拾いをしてくれているなんて、ありがたいなって」

彼女が指さした先には〝清美夢大付属女子高等学校〟と書かれていた。

「これ、空き缶だけどゴミじゃない……」

ある人によっては不要物なのかもしれないが、自分にとって缶は大事な楽器だ。ゴミ呼ばわりされたので少しムッとした。女生徒は焦ったようにして顎に手を置く。

「あ……ごめんなさい。カゴにも何本か入っているから、なんか、そうなのかなって。業者さんに渡したらお金になるんでしたっけ。じゃあ、ゴミじゃなくて貴重なお金ですね。失礼しました」

「いや、換金しないよ。楽器だから」

女生徒は目を丸くして、こちらを見つめている。他人に理解されないことには慣れっこだった。女生徒はまっすぐ目を逸らさずに続ける。

「えぇえ……楽器なんですか。どうやって使うんですか？」

珍しく興味を示されたので、気分が高まるのを感じた。

「カゴに入れて自転車で走ったらいい音がするんだよね」

彼女の表情がパッと変わった。

「すごい。なんというか、アーティストですね」

「そんなことないよ」

「いや、すごい。なんか将来は美大とか目指すんですか？　発想がすごいです。あ、そもそも高校生でしたっけ？　私は高3なんですけど」

　幼い頃から「変わっているね」と言われたことは数あれど、アーティストなんて言われたのは初めてだった。ただ、オレはアーティストではない。

「オレも高3。あと、オレがなりたいのは世界を救う勇者だから」

　自分でもびっくりした。なぜか重大な秘密をスルッと答えてしまった。

「あ、え、勇者……？　入社？　すみません、もう1回聞いてもいいですか……」

「勇者。ノストラダムスの大予言知らない？　フランスの医師で占星術師のノストラダムス。1999年7の月に空から恐怖の大王が降りてきて人類が滅びるっていう。オレはその大王と戦うことになっているから、今日も修行をしていたんだよ」

　女生徒は目線を左上に逸らした。ローファーの両足をモジモジさせている。う～んと、何か考えながら、

「最近、本もたくさん出てますよね。テレビの特集でもやってるし。ただ、あの恐怖の大王って私もよく分からないけど、核ミサイルとか地震とかのたとえなのかなって……。テレビの討論番組で学者がそう言ってたような」

　ゲームをしたり漫画を読むことはあっても、テレビは見ないし本も読まないから、彼女の言っていることが分からなかった。ただ、来たる日に備えて恐怖の大王について誰より

もシミュレーションを繰り返してきたオレだ。

3mはあろうかという人型に、鋭い牙と角。その瞳は細長く、赤黒く光っている。黒いマントの下には悪魔の翼を隠していて、第三形態くらいまで変身する。

まだ仲間は集まっていないが、毎日修行を重ねてきたオレならきっと倒せる。缶を握りしめてしばらく黙っているオレに、彼女が追加で質問をしてきた。

「本当に恐怖の大王がやってきたとして、どうやって戦うんですか？」

「殴って蹴って、叩き斬る‼　中学のときから修行している緑ヶ丘公園の高架下の空き地分かる？　あそこは重力が少し変わっていて、負荷がかかるから経験値も倍でね」

なぜかこの女生徒の前では、自分のことを隠さずに話せるのが不思議だった。

彼女がオレに、他の多くの人が向けるような気の毒そうな好奇の目を向けていないからかもしれない。

中学のときに、腕に覚えのあるクラスメイトで空手部の〝ぶとうか〟を「一緒に5年後に空から降ってくる大王と戦って世界を救ってくれ」と仲間に招待したところ、それが学年中に知れ渡ったことがあった。

クラスのやつもニヤニヤしながら「必殺技見せて」と笑った。「セーブしてから学校来いよ」「ルイーダの酒場は駅前？」「まだサンタさんは信じてる？」――。

それからしばらくしてオレには2つのあだ名がついた。混乱の呪文をもじって〝メダパニ〟と呼ぶグループもあれば、幻惑状態にする呪文から〝マヌーサ〟と呼ぶ層もいた。どちらの派閥もオレをバカにしていた。どうやら他人からすればオレは〝状態異常〟なのらしい。


——でも今、オレの目の前にいるこの女生徒は違う。気づいたら、声をかけられたときには3mほどあった距離が、オレの熱弁に合わせるようにジリジリと縮まってきている。

「へぇ～、世界を救おうなんてすごいですね。……でも、もし本当に空から大王が降ってくるなら、私は地球が滅んじゃってもいいかも」

意外な返答にオレはドキッとして目を見開いた。そんな考え方をする人に初めて出会ったから。

「どうしてそう思う？」

「う～ん、この世界が面白くないから、かな」

初対面のはずなのに、いろいろと話してしまうのはなぜなのか、その理由は彼女がまとう〝世界が終わってもいい〟という正気のなさだ。夢幻の世界に住んでいるかのような、世捨て人のオーラがあった。

オレは彼女に背を向けいちごみるくの缶を自転車のカゴの中に入れ、ハンドルを左右に揺らした。いい音を聞かせてやりたかったが、普通の音しか鳴らなかった。もう一度振り返る。

「オレが恐怖の大王を倒した後の世界、きっと輝いて見えるよ」

昔から思い込みが激しいと言われていた。救世主は日出ずる国に生まれるという言い伝えがある。世界を救う準備はできている。

「ふふ、それだったら嬉しいです」

他の誰でもなくオレが、この女生徒やクラスメイトを、笑い者にしてきた中学時代の同級生たちを、この世界を救わなければならない。その責任がオレにはある。

「任せろ！」

自転車に跨って、ペダルを踏んで全身に風を受ける。左足を前へ、次に右足、その次に左足。風を切りながら女生徒の横を通り過ぎた。

「いつか、いい音色、私にも聞かせてくださいね！」

今日一番の彼女の声量を背中で聞く。女子校の角を曲がってから、名前でも聞いておけばよかったと後悔した。

カランコロン、ゴロンコロン、ラランコッ、カランポロンポロン
今になってようやく、いい音が鳴った。

3

1999年7月8日。恐怖の大王がいよいよやってくるという大事なときだっていうのに、クラスが爆発する事件が起きた。

昼休みに教室の自席で購買部のパンを食べていると、クラスメイトの金田がこちらに寄ってきて笑いながらこう言ったのだ。

「黒澤、お前高架下の河川敷で変なことやってない？」

冷や汗が出かけた。金田は高2のときも同じクラスだったが、ろくに話もしなかったし、もちろん勇者であることも話していない。

「何のこと？」

咄嗟にトボけた。別に説明する必要がない。金田は帰宅部だが、クラスの人気者だ。

「いや、何かやってるじゃん」

「何が」

「だから、必殺技出そうとしてたじゃんて。あれ、何やってんの？」

「何の話だよ」

小馬鹿にしたような鼻につく笑い方が腹立たしい。「何ムキになってんだよ」という金田の声に釣られて、クラスの何人かが見世物が始まるとばかりに、オレの席の近くまでやってきた。まるで〝なかまをよぶ〟でワラワラと集まってきた魔物みたいに。

「こいつ、あの高架下の河原あるでしょ？　あそこでパンチとかキックの修行してるんよ」

「なにそれ、面白っ！」

と魔物A。

「秘密の特訓じゃん!!」

必要以上に騒ぐ魔物B。

「Yシャツの肩を切ってるのも、変だしな。ストリートファイター意識？」

魔物Cがふざける。

「別にお前らに関係ないだろ」

恐怖の大王に立ち向かう覚悟がない者たちのしつこい尋問が続く。

「関係なくないでしょ、クラスでやばい技出すやつがいたら超気になるって」「ハハハッ、悪の組織と戦う仮面ライダー的な？」「でも黒澤めっちゃ痩せてるじゃん、どこ鍛えてんのよ」

机をくっつけて弁当を食べている女子4人組もこちらを見てクスクスと笑い出した。

なぜ金田は今になってこんなことを言い出したのか。

まさか、あの女生徒があの日のことを言いふらしたというのか？　いや、それしか考えられない。それを金田がさらにクラスの男子に言いふらしている。皆が笑っている。もう話し合いは無意味かもしれない。

……それでは、見せてやろう。それしかない。

オレはゆっくりと椅子を引きながらギィッと鈍い音を響かせて立ち上がった。

これから何かが始まるとの予感に、周囲が沸く。ブレザーをバサっと勢いよく脱ぎ椅子にかける。オーディエンスの視線は、オレの一挙手一投足に集められた。金田たちはオレの目の前で腕を組みながら何が起きるのかワクワクしている様子だった。今にその薄ら笑いは消えるだろう。

フゥ……。息をゆっくり吐き出しながら目を閉じる。

オレは恐怖の大王を討つ勇者。オレはこの世界の救世主。

いつの間にかクラスは静寂に包まれている。一歩引いた右足に全体重をかける。全身の血が右半身に集まるのを感じた。流れるように左足を前に、手のひらは天と垂直。水面に落ちた水滴が波紋を広げるように、体の中心から静かな波動を全身に送り出す。全身に流れる血の色とは対照的に、その波紋は青白い。

刹那。一気に右足を前に叩きつける！　同時に右の掌底を繰り出し一直線に手刀を走らせた。何度も繰り返したこの動きは、もはや脳からの指令によるものではなく、一滴の雫が全身に伝える魂の発令なり。それは、鋭く鉄をも切り裂く――。


「猛虎碧山掌ぅ!!」

音を置き去りにした手刀を金田の首元でピタッと静止させた。風が空を切り、金田の長い襟足がふわっと浮いた。一瞬の静寂ののちに、クラスが爆発した。

ドッ！　ブハハハハハハハ！

漫画でしか聞いたことのない擬音が本当に響き渡った。実生活で聞くことになるとは。

「ダハハ、黒澤お前何やってんだよ」

「やばい、腹痛いって」

「マジかよ!!　こいつ面白すぎるって」

歯茎を剝き出し笑う魔物A・B・C、金田は目に涙まで浮かべている。

高校3年目にしてついに勇者だとバレてしまった。まだ笑っている。ヒーヒーお腹が痛いと言っている。女子も何か言い合いながらプププと笑っている。笑いたければ笑えばいい。お前たちは世界の終わりを何もせずに受け入れるというのか。自分の将来も家族も友達も恋人もどうなったっていいのか。

そのとき、教室の入り口から、「いい加減にしなよ」と大きな声が聞こえた。

まるで氷の呪文により場の空気が凍結されたかのように、嘲笑により温められた会場の熱は引いた。

クラス中が目をやる声の主は、机の上に腰掛けて菓子パンをかじるギャルの内山だった。周りに媚びることなく、群れをなしてオレを笑っていたモンスターたちを一瞬で凍らせた。その存在感と支配力。教室の重力が一変した。

教室中が息をのむ。日焼けした肌は窓から差す日の光を受けて輝き、装飾がかったとがる爪を気にしながら次の言葉を発した。

「お前ら寄ってたかって黒澤のこと笑って何が面白いの？　フツーにダサい」

金田がおずおずと反論する。

「いや、おもろいっしょ。高3にもなって必殺技とか言ってるの、やばいじゃん。中坊以下だよ。普通、小学校低学年で卒業するでしょ」

「お前らがやらせたんだろ」

「いや、してないって勝手にやり始めたんだって。別に俺たち、やらせてないぜ。〝必殺技の練習をしてるの？〟って聞いたら、いきなり黒澤が立ち上がって股を開き始めて……」

と魔物B。

「え、そうなの？　じゃあごめん」

氷の女王・内山が支配していた張り詰めた空間が緩和して、ヘンテコな空気になった。

皆が笑いをこらえているかのような雰囲気が周囲を包む。空気を破ったのはオレだった。

キッと前方の巨体に向かって睨みを利かせた。

「金田、オレが猛虎碧山掌を喉元で止めてなかったら……どうなっていたか。分かるよな？」

再びクラスが爆笑に包まれた。内山によって空気が一度急激に冷やされた後にオレが再点火したらしく、激しい温度差がもたらした笑いは、渦となった。

「俺、チョップで首が飛ばされてた!?」

「モウコヘキザンショウ……」

「どんな漢字書くの!!」

女子もしっかりめに笑っている。

たった今、恐怖の大王が校庭に降りてきたら、金田の笑いは止まるだろうか。オレに泣きついて、「助けてお願い」とすがってくるのだろうか。

とりあえず、これから中学時代と同じように〝笑い者〟にされながら生活することが確定した。別にかまわないが、面倒だから靴を隠すのとかはやめてくれ。オレもお前らとお友達ごっこをしようとは思わないけど、廊下を歩いているだけで肩をぶつけてくるのはやめろ。あと、別に授業の板書を写すことは特にしてないんだけど、ノートを破るとかもやめてくれ。そういうの、面倒だから。

4

1999年7月12日。若干の緊張をしながらの通学だったが、上履きは隠されていなかった。

ただ、〝猛虎碧山掌〟の一件は他のクラスにも広まったようで、すれ違いざまにクスクスされたり、背中越しに「ヘキザンショウ！」と叫ばれて、オレが振り返るとダッシュで逃げるといった遊びが流行るようになった。金田が流行らせたのかもしれない。

隣のクラスの空手部のヤツが休み時間にやってきて、「どうして空手部に入らなかったんだよ？」と笑ってきたが、勇者というものは人に習ってなれるものではないから無視した。別に傷ついてなどいないが、いちいち対応するのが面倒だった。

周囲がオレの存在を異端だと嗤う日々が続く中で、距離を縮めた人間もいた。あの日助けてくれたギャルの内山だ。

「黒澤ってほんと面白いね」と、いろいろと話しかけてくるようになったのだ。

オレがノストラダムスの予言の話をしても軽視することなく、「え〜やばいじゃん。渋谷めちゃくちゃにされないといいな。ウチ、高校出たら美容の専門行って、渋谷に住むのが夢だからさ。黒澤、とりま渋谷は守ってよ」と言いながら携帯電話をポチポチといじっていた。

なんでも、マルキューという場所にはたくさんのギャルがいて、いつかアムロちゃんと偶然会えるかもしれない、らしいのだ。アムロちゃんこと安室奈美恵の『CAN YOU

CELEBRATE?』という曲を結婚式で流すのが一生の夢だと目を輝かせていた。

「黒澤ってさ、将来の夢とかないの?」

1学期の期末テストの影響で自習になったある日の教室で内山に聞かれた。担任の福島も教室におらず、クラスは私語をする者もいれば、大学受験のための勉強をする者もいたりと、それぞれが思い思いの時間を過ごしていた。

「まずは恐怖の大王を倒して世界を平和にする、かな」

「その後は?」

「特に考えてない。世界が秩序を取り戻したらゲームやってるかも。好きだし」

話しかけられることが珍しいので、いわゆるフツーの会話をしてこられると面食らう。

「あはっ、じゃあ引きこもりじゃん。いいねー」

引きこもりと言われて少しムッとした。オレは世界を救うために中学のときからずっと河原で修行をしていたのだ。他の生徒が放課後に部活で馴れ合いをしていたり、隠れてタバコを吸っている間も、ずっと世界を守るために鍛錬を重ねてきた。世界を救うなんて、サラリーマンの一生の働きの何倍ものことを達成している。残りの人生はゲームをして過ごしていても誰も何も言えないだろう。

「オレが世界を救わなきゃ、内山も東京に行けないんだぞ」

内山は少し前にブームが去った『たまごっち』を操作している。「〃おやじっち〃って不機嫌そうなところがかわいいよね」なんて言いながら、話題を変えてきた。

「じゃあさ、もし恐怖の大王?が来なかったらどうすんの?」

そんなことはあり得ないし、考えたくもなかった。数年続けてきた努力はどうなる。

「いや、それはない」

「もしもの話だって。た・と・え・ばの話」

内山は机に突っ伏しながら、おやじっちに〃おやつ〃をあげている。

「……それはない」

「じゃあさ、7月の何日に来るの?」

「そこまでは予言されていない」

内山は机に顎をのせたまま、顔を上げずにたまごっちをピコピコやっている。

「ふぅん。じゃあ黒澤は毎日ドキドキだね。ウケるね。ウチは勝ってほしいと思ってるよ。将来やりたいことたくさんあるから、地球に滅亡されたら困っちゃうもん。頑張れ〜」

40人の生徒が密集したこの空間で、内山だけは勇者と明かしても、バカにしたりはしない。

信じられる仲間、なのかもしれない。氷のオーラを纏う内山ならもしかして――。頬が火照っているのがバレないよう、手のひらで冷やしながらそのまま頬杖をつくような姿勢で、勇気を振り絞って言った。

「内山はさ、恐怖の大王がやってきたら一緒に戦ってくれる？　君の援護魔法が必要な場面がくるかもしれない」

〝おやじっち〟が出したうんちを流していた内山は、ハハッと笑いながらこちらに顔を上げた。急に見られたので思わず目を逸らす。

「いいよ～。私が世界を救うの、チョベリグだね」

また空間が凍りづけにされ、時間が止まった。午後の柔らかな陽光が彼女の後頭部に当たっている。柔風が当たっていたカーテンの揺れが止まり、壁に張り付いた。風が強めに吹いているのではなく、時間が止まっているのだ。チョベリグは時間や物体を静止させる呪文なのかもしれないが、勇者のスキル特性では修得できないのだろう。

勇気を振り絞った提案が受け入れられ、肩の力が針を刺したようにプスーッと抜けていく。

「ありがとう、心強いよ。早速、修行を始めよう。今日の放課後、河原に来れる？」

内山は何それ、と笑いながら「今日は予定があるからパス」と言ったきり、カバンをまさぐり爪を手入れする道具を出してこすり始めた。

チャイムが鳴ると席を立った内山は、２つ隣の列の席に座るもうひとりのギャルの元へ行き、また何やら爪の話を始めたのだった。

5

内山をパーティーに加えてからというものの、いつにも増して活力がみなぎるようになった。これが、〝ひとりじゃない〟からくる自信というやつなのか。もういつ恐怖の大王が現れてもおかしくない中、これまでサボっていた仲間探しを精力的に行うようになった。正直、今になってひとりで戦うのに若干の不安を覚えるようになったのも事実だった。

4月の時点から一番の魔法使いになれると目を付けていた化学部の三田を、部活の前に中庭に呼び出した。

腹を割って恐怖の大王がやってくると恐怖を煽ってみたところ、「テレビでも専門家が本当に滅亡するって言ってるよね。もし、本当に世界が終わるならどうする？って親ともたまに話すよ」と前のめりになってくれた。

どころか、「アメリカとロシアが核戦争を起こす終末のシナリオもありえるよね」「映画の『ザ・デイ・アフター』見た？　核が落ちて骨が透けるシーンが忘れられなくて」「一説によればあの予言って、隕石が落ちてくるって話でもあるみたいよ」などと聞いてもないことまで矢継ぎ早に話してきた。三田は友達がいなさそうなので多少話を聞いてくれるかと思ってはいたが、ここまで乗ってくれるとは予想外というか、むしろこっちが気おされてしまった。だから、余談は置いといて、本題を切り出した。

「オレが知りたいのは、三田がどれだけの戦力を持ってるかってことでさ」

ベンチに腰掛けた三田は、目を丸くしている。

「どういうこと？　もし、やってくるのが大地震なら食料をたくさん備蓄するしかないよ。米ロの冷戦については僕には何もしようがないというか、できることなんて何もないよ」

「〝ベイロ〟とか、そういう話はいい。恐怖の大王が降りてきたとき、三田は化学の力を使ってどんな魔法を繰り出せるかって聞いてる。化学部ってたまに炎を出したりしてるよね。あの力を貸してほしいんだ」

「炎色反応の実験？　火の色が変わるの面白いよね。今度の活動来てみたら？　夏休みには引退しちゃうけど」

エンショクハンノウ……確信した。三田はきっと重要な戦力になる。とりあえず、「仲間になってくれ」とお願いしたところ、「僕にできることなんてないけど」と言われつつ、承諾を得た。


もうひとり、突発的なイベントで仲間が増えた。

火曜3限の体育のバスケの授業中にクラスメイトの制服のポケットから、財布を盗もうとしていた、テニス部の吉岡だ。

河原での修行が長引き、3限にオレが遅刻して教室に入ったとき、その犯行を目撃したのだった。

目にも留まらぬ速さで机の下に隠れて「待て、これにはワケがあって……」とモゴモゴ弁明する吉岡に、「何も見なかったことにするから一緒に恐怖の大王を倒してくれ」と交換条件を出したところ、詳細は何も聞かずに承諾してくれた。

「その代わり絶対に誰にも言わないでくれ。推薦に影響が」とうろたえていた。

吉岡の〝とうぞくのスキル〟と素早さは敵への先制攻撃に役立つはずだが、装備がテクットというのが今のところの不安要素だった。


早速、体育の授業終わりに三田を中庭に呼び出し、全てを話した。

「ええっ！　吉岡くんがそんなことしていたの!? 高1のときも一緒のクラスだったからびっくりだよ。スポーツマンだと思っていたのに、見る目変わっちゃうな」

そんなことはどうでもいい。大事なことは恐怖の大王とどう戦うかだろう。

まずは吉岡が鞭を使っての先制攻撃でダメージを与えつつ、三田は炎の呪文で援護攻撃、内山が呪文でパーティー全体の攻撃力を上昇させ、オレが一気に斬りかかり大ダメージを負わせるが、恐怖の大王は連続攻撃を繰り出す。オレが全てを受け止める。ダメージに耐えうる肉体を得るために、高架下の壁に頭を打ちつけたり、裸足で走るといった鍛錬も欠かしていない。さぁ、来い。大王の斬撃がオレの胸部を切り裂く。×印の形の傷がつけられ、ブシュっと血が噴き出る。灼ける熱さだ。痛みが遅れてやってきた。ぐぁぁああ!!!

「ねぇ黒澤くん、聞いてる?」

三田のひと言で現実に引き戻された。少し呼吸が荒れていることに気づく。

「んん? あぁ?」

「だから、吉岡くんが泥棒だったんでしょ。先生に言ったほうがいいんじゃない?」

「お前、仲間を売るっていうのか?」

三田は黙った。「黒澤くんってやっぱちょっと変」そう言い残し、4限の国語の小テストのために教室へと戻っていった。

6

神だと思っていた母親が人間に堕ちたのは、中学に進学した頃だった。

子供の頃、嫌いな食べ物を床に落としたとき、小学生のときに1か月くらい塾をサボっていたことがバレたとき、容赦なく叱られた。友達と遊んでばかりいないで勉強しなさい。いい大学に行きなさい。好き嫌いはなくしなさい。あれしなさい、これしなさい。

だから驚いた。中学に上がるタイミングで母親に居間に呼び出され、「今日からお母さんはあなたのことを叱らない。自分で考えていきなさい」と言われたのだった。神だと思っていた母が、人間の暮らす地上に降りてきた瞬間だった。

中学生になってからは、絶対的だった母の抑圧から解き放たれたかのように、好きなことに没頭した。もう叩かれることもない。数年分のお年玉を集めて買ったファミコンは、気の合う友人がいなかった退屈な日常に、確かな刺激と興奮をもたらした。

モンスターを倒した経験値で着実にレベルアップする喜び。宝箱を開けるときに高鳴る胸。仲間たちと助け合い共闘して魔王を倒すという目的のため、共に旅をする——。

ノストラダムスの予言の存在を、ゲームをセーブした後に映ったテレビ番組で知ったとき、ゲームと退屈な日常の境目が取り払われた気がした。修行の日々は苦しくも充実していた。今や、4人組のパーティーが完成している。あとは〝その日〟を待つだけだった。

1999年7月16日。

蟬の鳴き声が無人の校庭に響く。教室の時計は午後4時35分を指している。中央に並ぶ4つの机。黒板側の席に着いた母はため息をついている。オレは黙って隣の席に座った。

扉がガラッと開いた瞬間、担任の福島が「お忙しいところご足労いただきありがとうございます」の声をかぶせる。せっかちな福島は1ターン2行動のモンスターばかりにいつも動きがせわしない。

「黒澤さん、早速なんですけどね」

親子の正面に腰掛けながら、福島が母とオレにプリントを差し出した。

「これ、マサトくんに書いてもらった進路調査です。この第1志望から第3までなんですけどね……」

母はプリントをカサっと持ち上げると、再びハァとため息をつく。数年先の幸せまで逃げていってしまわないか心配だ。

第一志望：勇者
第二志望：勇者
第三志望：勇者

「勇者専願ですねぇ」とつぶやいた母は、申し訳なさそうに福島の顔を見る。

「ご迷惑かけてすみません」

「はぁ、いいえ。僕の方からもいろいろと進学はどうかと提案してみたんですが、マサトくんが勇者になると言って聞かなくて」

「ウチでもそんな感じですよ、ずっと。塾にも通わせてはいたんですが、全然行ってくれないし、もう無駄だから高2のときに解約しちゃって」

当の本人であるオレのことなど、まるで見えていないかのように話を進めていく。福島に〝マサトくん〟と呼ばれて、聞き馴染みがなくムズムズした。

「お母さん、高校を卒業した後の進路についてですが、たとえば好きなことを活かしてゲームクリエイターを目指す専門学校とかあるんですよ。資料を取り寄せてみました」

母は目の前のカラフルな冊子資料に、興味なさそうに目を通す。オレはそっぽを向きながら横目だけで資料を盗み見る。

「う〜ん、そうですねぇ。ゲームを職業にできる人なんて一握りだし、この子が努力を続けられると到底思えなくて……」

今頃、内山や三田は何をしているのだろうか。普段、放課後に何をしているのか知らないから気になった。吉岡はテニス部だろう。〝その日〟と部活の大会の日程がかぶったらちゃんと優先して来てくれるのか。世界が終わる日だから試合どころじゃないはずだけど。

「ですが、お母さん。このままだと無職になっちゃうわけですよ」

「もちろん、勉強も頑張ってほしいですけどね。もし進学しないなら、いったん家を出ていってもらおうと思ってましてね。東京にでもどこにでも行って、自分ひとりの力で世間の荒波に揉まれなさい、ってね。今次男が中2で受験勉強を頑張ってまして、ずっし兄が家にいて何もしていないみたいな話になったら影響が出そうですし」

初耳だった。家ではろくに話さないから、オレの今後についてそんな計画があったなんて知らなかった。母は直接言いにくかったことを、この場を利用してオレに伝えているのかもしれない。来年の3月になった途端、「あのとき言ったじゃない、ひとり暮らし始めなさい」なんて言いそうだ。気まずそうに聞いていた福島が、オレにパスを蹴り出してきた。

「マサトく…黒澤はどうしたいんだ？」

三田は頭のいい大学を受験するのだろう。吉岡も推薦がどうのこうの言っていた。内山は美容専門学校か。ノストラダムスのその先に、彼らが望む、至って普通の未来。

「先生はなんで先生になろうと思ったの？」

福島は専門学校のパンフレットを机にトントンと弾ませて、ひと呼吸置いた。

「黒澤みたいな愛すべき生徒に出会うためだよ。だから、お前の将来が心配なんだ」


帰り道は終始無言だった。母は帰りにスーパーに寄るから、ネギやらトイレットペーパーやら買い物リストが書かれたメモを取り出して反芻している。オレは自転車を押しながら母のペースに合わせてゆっくり歩く。動きが鈍いからカゴの中の空き缶は揺れない。

小学生のときに塾の帰り道に、国道沿いの鉄屑を拾い集めては自転車のカゴに入れて持ち帰っていた。いつかロボットを作ろうと思っていた。

大きくて太いネジ。廃棄された自動車のプレート。エアコンの部品。

家に運んできた鉄屑は家の室外機の下に隠していたが、ようやく製作に取りかかろうとしたときに全てなくなっていた。泣きながら庭の周りや部屋中を探していたら、母が洗い物をしながら「なんかいっぱいゴミ落ちてたけど、全部捨てたわよ」と、まるで缶やペットボトルを処分したかのようなトーンでさらりと言った。5日ほど口を利かなかった記憶があるが、母から謝罪の言葉はなかった。この自転車のカゴの空き缶も、いつ捨てられてもおかしくなさそうだが、もう何も触れられることはなくなった。あの日を境に叱られなくなったように、母との関係性はだいぶ変わった。

「じゃあ、母ちゃんはスーパー行ってくるから」

「モナ王も買ってきて」

「分かったよ」

オレは自転車に跨ると、いつもの帰り道とは違う方面へと漕ぎ出した。いい音のする坂道が恋しくなった。

同じ坂を何往復しただろう。坂を下るときはペダルから足を離し大股開き。上るときは全力立ち漕ぎ。缶の配置を変えながら、何度も同じ坂を上っては下り、あの音を探した。

ラン、カラン、コン、ポロッコロン、パラカラン、カランラン

また上っては下ってを繰り返す。坂の周りには2階建て以上の建造物がないので、夕方のオレンジの光を全身に浴びることができる。

カランポロン、カンカロン、ガッツガガン、ッタラン
まだまだ。完璧な音とは程遠い。今日はいい音を聞かずしては帰れない。
カラン、グッカララ、ペコッ、コロンコッコッコッ

「また会いましたね」

坂を上ろうとペダルを踏み込もうとしたときに、後ろから声が聞こえた。振り返ると、あのときの女生徒が立っていた。

7月に入り気温が上がっているからか、制服は白い半袖のブラウスに変わっていて、第一ボタンまで締められた襟元には、チェックの棒ネクタイが結ばれていた。

「2週間前くらいにここで会いましたよね。今日はいい音、鳴ってます?」

彼女のせいで学校に勇者だということがバレたことを思い出し、今更ながら体の芯が熱を帯びていく感覚になった。別にいいのだけど、少し腹が立っているのかもしれない。

「あの日のこと、誰かに話した?」

彼女はキョトンとしたように首を傾げる。

「言ってないです」

「君に話した途端、クラスのやつが必殺技出そうとしてるって言ってきたんだけど」

自転車に跨ったまま、グリップを強く握りしめていたことに気づく。中1のときにはイ

ボイボがついていてザラザラしていたが、今ではすり減って光沢を纏うツルツルのゴムになっている。

「言ってないですよ。でも、君がそう思うなら、それでもいいです」

別に犯人捜しをしているわけではない。別に誰に理解されなくても構わないが、この女生徒もバカにしているのだとしたら、なんか嫌だった。

「タイミング的にそうかなって思っただけ」

女生徒はそっと微笑んで、こちらに近づいてくる。カゴに入っている缶をひとつ取り出してはいろいろな角度から凝視している。これがいい音の鳴る缶なんですね、と不思議そうな顔をしている。

「それにしても、ノストラダムスの予言、当たらないですね。私、待っているのに。世界が終わる日。あれから考えてたんですよ。いつ来るんだろうって」

それはオレも知りたい。

「いつ来てもおかしくないってことだけは確かなんだけど」

「あ、疑ってるわけじゃないですよ。どんな姿なのかな、恐怖の大王。こちらの魔法攻撃が通じないバリア張ってますよ、きっと」

「それはキツイな。光の玉で魔力を解除しないと攻撃を与えられないやつか」

世界を救う攻防についてしばらく盛り上がった。ここまで話し込んだ相手は初めてかもしれない。

もしこの女生徒が仲間になったら――。彼女はパーティーの仲間を後方から回復させるサポート役として活躍してくれそうだ。彼女はカゴの中の缶を持ち替えて凹凸に指を沿わせている。

「その時がきたら、オレと一緒に戦おうよ」

内山のときとは違って、ごく自然に言えた。彼女はこちらを下から覗き込むようにして、プッと噴き出す。

「アハハ、やりません！　だって私、地球滅亡派だもん。でも、誘ってくれてありがとう。嬉しいな」

彼女の表情を見て、こんなに明るい自殺願望ってあるんだ、と感心した。だからこそ、気になる。

「なんで地球が滅亡してほしいの？」

彼女は触っていた缶をカゴにそっと戻した。

「ヒミツ。もし君が世界を救ったら教えるね」

7月は日が長くなっているが、そろそろ夜の闇が訪れる。その直前の、赤い夕日を受けて彼女の影はここ数分で最も長くなっている。坂道に向かってまっすぐ伸びているので立体的に見えた。手をかざして、こっそり彼女の影に自分の影を重ねてみる。彼女が下に置いていた通学カバンを拾い上げたので、それは離れた。

「そろそろ行かなきゃ」

「オレも帰ろうと思ってた。そう言えばさ、名前はなんていうの？」

「メグミ。君は？」

「黒澤マサト」

「意外。勇者だから勝手にそれっぽい名前に脳内変換しちゃってた」

やがてオレたちはそれぞれの家の方向へ別れた。本当はもっとメグミと話したかった。

やがて日が落ちる頃には、モナ王のことを忘れていた。

7

炎の魔法使い・三田がオレのことを無視し始めて3日が経った。

1999年7月18日。

オレは焦っていた。「勇者」のオレ、パーティをサポートする「僧侶」の内山、「攻撃型の魔法使い」の三田、テニス部の「盗賊」の吉岡。4人のパーティーが完成して日も浅いというのに、皆で集まって実践的なトレーニングをしたり、作戦会議をする機会が一切ないことに焦りを感じていた。

正直、仲間探しを始めるのが遅かったのはオレの計画不足だったともいえよう。ただ、それにしても、だ。

吉岡は休み時間のたびに同じクラスのテニス部や他の運動部の連中とつるみに行くし、放課後は高校最後の大会に向けて、寸暇を惜しんで練習に励んでいた。テニス部のやつらは、実はこいつが盗賊だと知らないのだろう。

ギャルの内山に関しても同じクラスや高1、高2のときに仲良しだったギャル生徒たちと一緒にオレには分からないアイドルの話や憧れの読者モデル、男の話なんかをしている。内山も吉岡も友人らに囲まれており、なかなか割って入ることができない。唯一話しかけやすいのが、オレと同じであまり同級生と群れない三田だった。

休み時間になれば積極的に三田の席に行き、特に会話は弾まないが一緒に昼ご飯を食べていた。……はずなのだが、ここ3日は完全に避けられている。

「ごめん、ちょっと勉強したいから図書室行くね」

「模試の判定があまり良くなかったから勉強に集中したいんだ」

「友達と思ってくれてるのは嬉しいんだけど、今日は塾の予習をやらなきゃいけないんだ」

いくら、恐怖の大王のことを力説しても、三田は勉強するのをやめない。ついには、近寄ると眉をひそめながら逃げるように図書室に行くようになった。

今日こそは放課後にあの河川敷で技の特訓をしよう——誘い出すために図書室の前で待

ち伏せをしたところ、なんと、三田と金田が一緒に並んで歩いてきたのだった。

意外な組み合わせに驚いたが、コケにしてくる金田のことは放っておいて、三田にだけ「今日の放課後さ……」、と話しかけたところ、金田が割り込んできた。図書室の前で立ち止まる。

「おい、いい加減にしろよ。お前は進路なんてどうでもいいのかもしれないけど、三田の邪魔はすんなって」

休み時間に悪友たちとふざけていた金田に、進路の話などされる筋合いはなかった。

「オレと三田の話だろ。関係ないからあっち行けよ」

三田は気まずそうに、目を逸らしながら参考書や筆箱を手に抱えている。

「関係ないのはお前のほうだって。俺たち一緒に図書室で勉強するんだわ」

金田があきれたように言った。

「それが何なんだよ。オレと三田は世界の終わりに立ち向かう仲間なんだぞ」

負けじと食い下がる。ついに口を開いたのは三田だった。

「黒澤くん、ごめんね。僕と金田くんは同じ塾の友達なんだ。塾のクラスも一緒だから、一緒に勉強したらはかどるんだよね」

「三田、やめとけ。こいつは高2のときからいじめっ子で、どうせお前のこともクラスの雑魚としか思ってないから」

三田に対して失礼なことを言ってしまった、と言った瞬間に気づいたがもう遅かった。

「黒澤くんのコンプレックスとは付き合いきれない」

虚を突かれた。オレはバカにされることにコンプレックスを抱いているだと？

金田は廊下に並ぶロッカーのへこみをさすりながら、掃除用のロッカーを開け閉めしてキィキィ言わせている。

「黒澤、お前キツいって。高架下の河原でお前がひとりで走ったり飛び跳ねたり、ハァッ！とかいってビーム撃とうとしてるの見つけたとき、もはやホラーだったもん。やめようぜ。現実見ろって」

この前と違い、その表情に一切の笑いはなかった。そのことが余計にオレの自尊心を傷つけた。と同時に、やはりあの一件はメグミが誰かに漏らしたわけではなく、金田に見られていたのだと、いまさらどうでもいい真実が判明した。

「とにかく、オレらは受験があるから今後、三田を勇者ごっこに巻き込んでやるなよ。分かったな？」

福島も母も三田も金田でさえもみんな「進路」のことを言う。こっちは中学のときから恐怖の大王についてひとり考え抜いてきた。オレが人類を救わなければ、信じた未来にならなければ……今さら、自分の進路を変えることができない。

「お前らは〝右向きゃ右〟で何となく生きてきたかもしんないけど、オレは信念を曲げなかっただけだから」

「お前、バカすぎだって。三田も言い出せないだけで、お前のこと怖がってるぜ」

カッとなって、気づいたら金田の胸ぐらを摑んでいた。感情を抑えきれなかった。

「なめんなよ」

「ボタン取れるって、ふざけんなお前」

金田がオレの制服を摑み返してきた。運動部でもないのに力が強く、引っ張られると足がズルズルともっていかれる。振り回されてロッカーに叩きつけられたが、オレも手を離さなかった。

「金田くん、やめてあげて。もう行こう」

そう言って三田が金田の肩を摑んで引き離そうとすると、つられて後ろに下がった。パッとオレから手を離した金田の胸部に隙ができた。

見えた。下から上へと拳を突き上げる、ビッグサンダーウェーブをブチ当てる最短距離。

切り裂け、雷鳴――。

ビッグサンダーウェーーーーーェェ……グェッフ！

同じ軌道で繰り出された金田のアッパーがオレのみぞおちに叩きつけられ、オレは呼吸が止まり膝から崩れ落ちた。目の前が真っ暗になって死ぬかと思った。

「アッ…カハッ、ああ」

息が吸えない。全身に力が入らない。

「黒澤くん大丈夫⁉」

三田が駆け寄り、かがみ込む。冷たい廊下の床に両手をついた状態から動けない。口から糸を引いたよだれが、廊下と繋がった。

「正当防衛だからな」

金田はシワになった制服の胸元を伸ばしながら捨て台詞を吐いた。

「……ハァ、ハァ」

「三田、大丈夫だよ。みぞおちに当たっただけだから。行こうぜ」

三田は困りながら、図書室に入ってゆく金田の後ろ姿とオレを何度も見比べている。

「黒澤くん、本当にごめんね。僕、行きたい大学があるからしばらく遊んだりできないかも。ほんとごめん」

呼吸を取り戻そうと、吸って吐いてを繰り返す中で、三田を見上げた。

三田は何度も振り返りながら、それでも図書室へと消えていった。


三田がパーティーから外れた。

オレは空から降ってくる恐怖の大王に打ち勝つことはできるのだろうか。というか、そんな日は本当にやってくるのだろうか。

8

2日連続で学校を休んでいた内山だけが頼りだった。

もう時間がない。まだオレには力が足りない。金田に一撃で倒されて焦っていた。土曜の昼に内山に電話をしてみることにした。携帯電話を持っていないので、緊急連絡網から内山の家に電話をかける。

「もしもし」と名乗ったのは本人ではなく、母親らしき女性の声だった。

「美樹さんと高校で同じクラスの黒澤です。美樹さんいたら替わってもらえますか?」

「ごめんなさい。今外に出ていていないんですよ。何か約束されていました?」

「あ、していないです。なのでまたかけます。ありがとうございました」

友達に電話をかけたことがなかったので、不意を突く「約束をしていたのか」という問いに心臓が跳ね、逃げるようにして電話を切ってしまった。

それから2時間おきに電話をかけた。また母が出ることもあれば、別の家族、兄弟らしき声が対応することもあった。

ようやく電話が繋がったのが夜の8時ごろ。もう出るのが3回目の母親はさすがに不審がりはじめたのか、オレのフルネームや学校名、クラスは何組かを確認した上で、内山に繋いでくれた。さすがに実家の電話だと恥ずかしいのか、クラスで話すときよりもトーンがかなり低めだった。

「もしもし、黒澤？　マジどうしたのよ、家にかけてきて」

「学校来てないからどうしたのかなって。さすがにそろそろ降りてくるはず。その作戦会議もしたいなと思ってさ。あと、三田が抜けるみたいで正直焦っててさ。内山の意見も聞きたいなと思って……」

人と対面以外で話す機会がないから、オレの声は内山のローテンションとは対照的に、上ずってしまった。表情は分からない中での3秒ほどの沈黙は、妙な緊張感があった。

「……それで電話してきたの？」

また間が空く。電話でのやりとりは難しい。先に口を開いたのは内山のほうだった。

「黒澤、何か怖いかも」

「怖いのは分かる。オレも毎日シミュレーションしているけど、たまに怖くなるときはあるよ。だけど、オレには内山しかいないんだ」

また沈黙が流れる。一緒に戦おうと決まったものの、気持ちがまだ固まっていないということか。真意を聞こうとしたそのまた一瞬先に、内山のターンになった。

「そうじゃなくて、私は黒澤が怖いかも。ちょっとごめんだけど。いや、テレビでたまにノストラダムスが～とかやってるの見るし、そりゃ私だって考えたことあるけどさ。黒澤はちょっと変かも。やっぱり」

あの日、勇気を出して一緒に世界を救おうと誘ったときの〝私が世界を救うの、チョベリグだね〟をオレは忘れていない。じゃあ、あれはどういう意味？

「今日は遅いから切るね。夕食の準備できてるってママが」

電話越しでは家族の声は聞こえなかったが、オレは分かったと言って電話を切った。

あの日の電話でのモヤモヤが残ったまま、次の月曜を迎えた。

1999年7月19日。

朝のホームルームの直前になって内山が教室に入ってきた。

別に毎日挨拶を交わすわけではないが、土曜日の電話のことがあったからか、そのことに何も触れてこないことを含めて何やら意識してしまう。だからか、なんだか自分からは話しかけづらかった。

だから、昼休みに菓子パンを頬張っているときに、いつもの声で「黒澤ぁ」と話しかけられたときはやっとか——と若干の安堵を覚えた。

内山の隣には入学してから一度もクラスもかぶったことがなければ話したこともない男が立っていた。

放課後に制服のままグラウンドでサッカーをしているのを見かけたことがある。その程度の認識だった。

「黒澤くんだよね、美樹とはどんな関係?」

身長が高く、細身で髪がサラサラの彼が、座っているオレのはるか高い位置から話しかけてくるので、爽やかな見た目と反して威圧感を覚えた。

「何って、クラスメイトだよ」

「こないだの土曜日、家に電話かけたんでしょ? 全部聞いた。美樹、嫌がってるってよ」

内山は「ちょっと、言い過ぎだって」とフォローしているが、内山から頼まれてこの男がオレの前に立っているのは明白だ。

「俺、美樹の彼氏。美樹を不安がらせることはやめてほしいんだよね」

内山に彼氏がいたというのは初耳だった。動揺した。オレは咀嚼していた菓子パンを喉が詰まりそうになりながらのみ込み、言葉を継いだ。

「急に電話をかけたのはごめん、内山。でも、7月も後半だしいよいよ準備をしなきゃって」

「うん、だから美樹はそれが怖いんだってさ。その仲間?……への勧誘みたいなやつ」

ふと、袋越しに持っていた菓子パンが軽くへこんでいることに気づく。チョコパンがオレの憤りや不安を受け止めてくれている。

「内山は一緒に戦ってくれるって言ってた」

内山のほうに目をやると、顎を触りながらバツが悪そうに「まぁね、言ったけどジョーダンじゃん？　マジで来られるとなんか気まずいっていうか、そんな気ないっていうか……なんかごめん」と目を逸らされた。

そうか、三田も内山もオレのことが怖いのか。知らなかった。何も分からない。オレだけいつも、何もかも——。

「黒澤くん。恐怖の大王は来ないし、この世界は終わらないよ」

そうか。来ないのか。じゃあオレの努力は？　未来は？

「ねぇ、聞いてる？」と彼氏が腰を屈めて肩を摑んできた。反射的に身体がビクッとなる。

「クラスのみんなは笑っていたかもしれないけど、美樹は心配していたよ。黒澤くんのこれからが心配だって」

反論。反論をしなきゃ。唇が震える。

「恐怖の大王は、やってくる。ノストラダムスの予言にそう書かれている」

彼氏は肩から手を離してくれない。

「来ないよ」

「来るって」

「来ないよ」

「来る」

「いや、来ない」

「来るって！」

オレは机を叩いて立ち上がった。パンが落ちた音がした。彼氏から目を離さずに睨みつける。目を逸らしたほうが負けだと思った。教室の空気がピリついて静寂が訪れる。

オレのことをクラス中が見ている気がした。金田たちも教室にいるが、笑っていない。内山がか細い声で彼氏に「もういいって、やめよう」と言った。彼氏はそれを手で制して、先ほどより小さな声で、「ちょっと場所移そう」とオレにだけ聞こえるように囁いてきた。


音楽室にはオレと内山と彼氏だけしかいない。壁に貼られたベートーベンやバッハが歴戦の勇者みたいな顔つきでこちらを見下ろしている。

「さっきはすまん。でも、伝えたかったんだ、エゴかもしれないけど」

彼氏の心配には答えず、オレは窓からグラウンドを眺めている。制服を着た生徒がサッカーをしているのが見えた。先ほどの余韻でまだ頭の中がボーッとしている。オレにかまってくれるな。音楽室のピアノに手を乗せていた彼氏がゆっくりと近づいてくる。

「もし、恐怖の大王が本当に降りてきたとして地球が終わるなら、俺は美樹と一緒にいたい。黒澤くんは戦うんだろ？　もし戦いに負けたとして、地球も全部滅びて人類が全ていなくなるとしたら、最後に誰に隣にいてほしい？　家族とか、友達とか、恋人とか。黒澤くんが大切にしている人って誰」

「考えが過ぎると戦いに集中できなくなるから、考えないようにしている。そういう精神修行もしている」

「そっか。俺は地球が終わるその日まで真面目に授業を受けて、美樹と一緒の美容専門学校に行こうと思ってる。カリスマ美容師になって、ビッグになりたい。高校生らしくさ、最後の1秒まで自分の未来に賭けてたいじゃん!?」

内山は照れずに自分に酔える彼氏の横顔を、オレが見たことない表情で見つめている。

彼氏は自分が言った歯の浮くようなセリフが恥ずかしかったのか、「言うて俺も、たまに学校サボってゲーセン行ったりしてるけど」と照れ笑いを浮かべた。

内山がたまに平日に学校に来ないのはこの男とサボっているからなのだと悟った。オレは何か言ってやらないと気が済まなかった。

「〝あそびにん〟同士、仲良くやりなよ。オレのことは放っておいてくれ」

内山と彼氏が目を見合わせる。見たことない内山の表情と、今日初めてしっかりし認識したその彼氏の、見たことない表情――。

彼氏はあっ、と思い出したようにこちらに向き直り笑顔を見せてこう言った。

「ドラクエだと〝あそびにん〟は悟りの書がなくてもレベル20で〝けんじゃ〟に転職できるよな。あ……でも、俺バカだからけんじゃは無理か、なんつって」

その立ち振る舞いは堂々としていて、あまりに爽やかだった。オレは今目の前で、青春そのものを見せつけられている。直視してしまった青春の光がまぶしすぎて目が焼けそうだ。

毒の沼地を一歩ずつ踏み締めるように、オレは自分のＨＰが削られているのを全身で感じた。

「内山もさ、オレのことずっと笑ってたんでしょ」

ドゥク、ドゥク。沼を一歩ずつ歩く音のエフェクト。今思いついた効果音。早くこの場から立ち去りたいのに、言葉が止まらない。

「味方のふりしてさ、魔物じゃん」

ドゥク。ドゥク。彼氏にも言ってやらないと。

「聞いてないことまでベラベラベラベラ……君も余計なお世話なんだよ」

3年間で今日初めて喋ったこの男は、この数分だけでいくつもの表情を見せる。今にも泣き出しそうな、哀れんでいるような顔。泣きたいのはこっちだって。

「……ふたりともどっか行けよ！　オレに構うなって」

本当は知ってる。内山はすごく優しい。誰でも分け隔てなく話しかけるし、ギャルなのに誰かが困っているとそっと手を差し伸べる。よく笑い、こんなオレの話にもノリよく合わせてくれる。たまごっちの世話もマメだから将来はきっといいお母さんになる。

「お前らが出てかないならオレが消えるよ」

彼氏もきっといいやつに決まっている。この男はきっと内山の願いに応えて、アムロの『CAN YOU CELEBRATE?』を結婚式で流すだろう。末長くお幸せに。

そんな思いとは裏腹に、言葉が真逆になる。これも状態異常？

ふたりのことは一切見ずに逃げるようにして早歩きで横を通り過ぎた。引き戸のドアに手を掛けて思い切り引いた。ガンという音がして、扉がレールの上を往復する。気まずい時間が流れる。

「黒澤ぁ」

内山の声は教室で話しかけてくるときと同じように、でも震えた声で、オレを立ち止まらせた。

「うるさい、あっち行け！」

あっちに行くべきは、今出て行こうとしているオレのほうだった。間違えた。早くあっちに行かないと。頭がジンとする。何も考えたくない。全てが煩わしかった。

「怒らせるつもりなかったんだ。ごめん。でも、君はきっと、勇者じゃないから」

と彼氏が言った。力強く左に引いたのでバウンドしていた扉の往復が止まった。運良く、扉は開いた状態で静止した。内山の足音が近づいてくる。

「ねぇ」

もう何も聞きたくない。

「恐怖の大王が人類滅亡させるの、ほんとは黒澤が一番望んでるんじゃない？」

オレは音楽室の外に駆け出した。20mある渡り廊下を全力疾走。女子3人が道をふさぐようにして歩いていたが、正面から走ってくるのを見て、ギョッとした顔で道を開けた。ドゥクドゥクドゥクドゥク……HPはとうにゼロ。それでも、全てから逃げるために走った。オレもみんなも、滅亡しちゃえばいいのに。それでも頭の中を巡るのは、内山が優しくしてくれたあの日のこと。

Acknowledgeは〝認める〟 Adjustは〝適応する〟
Acknowledgeは認める　Adjustは適応する
内山が差し出してくれた英単語のノート
覚える気なんてなかったのに
Acknowledge　認める
Adjust　適応する
Aから始まる英単語
書き取りテスト
Acknowledge　Adjust　Acknowledge　Adjust……

オレはこの世界を認めることも適応することもできないでいる。

9

1999年7月25日。

今日も恐怖の大王は降りてこない。そして、オレは勇者ではない。それをずっと知ったうえで誤魔化してきた。何もない現実が耐えられなかった。

あの日学校を飛び出して以来、学校には戻らずそのまま夏休みに入った。担任の福島が荷物を家まで届けてくれたが、自分の部屋に引きこもったままでいた。母親の「わざわざすみません」の声はここまで届いていた。

自己否定の感情が抜けぬまま、あの日から家を一歩も出ていない。家族が家を出払ったタイミングを見計らってリビングに出て行き、ファミコンを起動してもやる気が起きずに消して、空腹になったらテーブルに置いてある食パンを焼かずにジャム塗って食べる。風呂も入らないので数日で触ると痛いニキビがいくつかできた。

私は地球が滅んじゃってもいいかも――

ふと、メグミと出会った日の言葉が蘇る。なんで？　オレが世界を救ったら、その理由を教えてくれると言っていた。あの日の答えがただ知りたかった。今やオレも同じことを思っているから。上下スウェット姿のまま、外に出て自転車に跨る。

メグミに会わなければ。

ちょうど授業が終わる時間帯だろうか。メグミが通う女子校に到着すると、自転車を道の脇に停めた。彼女を見落とさないように校門の真正面に立っていると、大勢の生徒が一斉に下校してきた。

校門の前に立つ部屋着姿のオレ。女生徒のグループはこちらを通り過ぎるときに足を速める。面白いくらいに、誰とも目が合わない。髪もボサボサだし、不審者の自覚はある。校舎に埋め込まれている時計で20分ほど経った頃、下校する生徒もまばらになったタイミングでメグミがひとりでやってきた。

「黒澤マサトくん！」

メグミはオレの姿を見つけると、小走りで駆け寄ってきた。

「どうしたの」

「待ってた」

「なんで？」

「聞きたいことがあって」

歩いてくる生徒は怪訝そうな目でこちらを見てくる。

「何？」

「地球が滅んでもいいって言ってたじゃん。あれ何でかなって」

「あれ、大王は倒したの？」

メグミはフフっと笑う。その笑みにはやはり悪意は認められなかった。

「まだだよ。というか、もう来ない」

「それは残念」

「教えて。何で世界が終わってもいいの？」

メグミは遠い目をした後にこちらに向き直り言った。

「君になら教えてもいいかな。場所、移そっか」

河川敷に着くまでの十数分間、並んで歩くオレたちはほとんど言葉を交わさなかった。

何度も猛虎碧山掌を磨いた、石の少ない砂地。鬼の10本ダッシュを繰り返した、背の低い草が生えた川沿い。全部、現実逃避に費やした時間だった。いくら努力しても弱かったというのが、笑えない結末だった。

オレたちは緩やかな坂になっている堤防のコンクリートの上に腰掛けた。メグミが努めて明るい声で話し始めた。

「私、パンツ売ってるの。あ、正確には売らされていて。中学のときの先輩で元彼なんだけど、おっさんにお前のパンツ売れって。最初は付き合ってたから、デート代稼ごうって言われて、嫌だったけど従ってて。そしたらしばらくして〝別れよ〟ってメールきて。でも、パンツ売るのは続けろって言うの。嫌だって断ったら、お前のエロい写真ばらまくぞって。ずるいよね、サイアクだよね」

オレは黙ってしまった。驚きを顔に出してはいけない、と思った。メグミのほうを見られないでいる。

「今日も知らないおじさんが私のパンツでキモいことしてるって想像したら夜も眠れなくなるの。これ、一生続くのかな。別に友達と呼べるような人もいないんだけど、クラスメイトからは清楚系のお嬢とか言われてるんだよ。パンツ売ってて清楚系？　笑っちゃうよね。世界終われ！……って感じ」

一気に話し切ったメグミだが、感情を押し殺して明るく振る舞っていることがオレにも分かった。次第にグスッ、グスッと鼻を啜りはじめた。顔を盗み見ると、まっすぐ川辺を見つめる目が潤んでいた。

「あ〜すっきりした。このことを人に言ったの、君が初めて。ありがと、ちょっと楽になったかも」

河川敷の堤防に体育座りしているメグミは太ももの裏から手を通し、スカートを押さえている。

人類が滅亡しない、このクソッタレの世界でオレにできること。

「その元彼って、どんな人なの?」

「それが意外でめっちゃ普通の人なんだよね。レンタルビデオ屋でバイトしてるフリーター。てか、ごめんね、黒澤くん。引いてるでしょ」

この街のレンタルビデオの店は駅前に一つだけ。将来の夢もない、友達もいなければ、家での立場もない、人類の滅亡を待っているだけのオレにできること……。それは目の前にいる、囚われの姫を解放してやることだけだった。

「オレが救ってやる」

早口になってしまったから、「え?」と聞き返されたがもう何も言わなかった。


1999年7月26日。

オレは駅前のビデオ店の外で張り込みをしていた。すぐに元彼は特定できた。ガラス越しの店内にいるのは40代くらいの髪の薄い店員と、金髪の痩せ男だけだったから。こいつがメグミのパンツを売り捌く男に違いなかった。

身長はオレと同じくらいで痩せ形。カッコ良くも悪くもない、フツーのやつだったことに驚く。恋人なんていたことのないオレには、人がどんな理由で誰かを好きになって、付き合うのか知る由もない。

もしメグミとオレが同じ中学だったら両思いになった可能性だって——絶対にかなうことのないことを何度も想像しては、打ち消した。

日付が変わる頃、レンタルビデオ店での仕事を終えた元彼の後をこっそり尾行した結果、住所が分かった。オレの家から自転車で5分の距離にある4階建ての築年数の古そうなアパート。その2階の一番右の部屋だった。ここがメグミを苦しめる恐怖の大王が住む城。


1999年7月27日。

今日も元彼のバイト先に行ったが、薄髪の中年しかいなかった。店内を物色するふりをして、「いつもの金髪のお兄さんは?」と聞いたら、「今日は休み、明日は出勤するよ。友達?」と言われた。恐怖の大王を討つなら、バイト帰りの人通りのない夜道しかないと踏んでいた。オレは夜になると、自分の部屋の押し入れの中にある〝とげこんぼう〟を取り出して何度も振った。恐怖の大王は明日、地元のレンタルビデオ店に出勤してくる。

1999年7月28日。

夕方に元彼が働いているのを確認。一度自宅に帰って、またこんぼうを取り出して振る。息切れしながらふと見た窓ガラスに映し出されたのは、痩せた〝ボストロール〟だった。弱そうだった。押し寄せる不安を必死で抑え込み、こんぼうをバットケースに仕舞った。

22時。2階から降りて、家を出る準備をしていると、風呂上がりの母親と遭遇した。頭にタオルを巻いた母は、久しぶりに外着を着ているオレを見て驚いている様子だった。

「こんな時間にどっか行くの?」

「これまでごめん。オレ、もう勇者とか言うのやめたから」

「……何よ。頭でも打ったの」

オレはこれから恐怖の大王の頭を打つ。母さん、ごめん。でも、オレは彼女を、真っ暗な世界から救ってやりたいんだ。

「ちょっとランニング行ってくる」

涙が出かけたので母の顔を振り返らずに、外に出た。

1999年7月29日。

腕に巻いたデジタル時刻は0時5分を示している。

レンタルビデオ店から恐怖の大王の根城へと続く動線の脇にある、公園のベンチに腰掛ける。やはりこの道は住宅街から少し離れた場所にあるから人通りがない。これからしようとしていることを想像して、ジメジメした暑さなのに体がブルっと震えた。

この前と同じであれば、0時30分ごろに家に着くはずだった。

元彼が通るのを目線を切らないよう、瞬きを忘れるほど集中していた。

10分ほど時間が経つと、恐怖の大王がヘッドフォンをつけてやって来た。

金髪にグレーのパーカーに楽なスウェット、サンダル。心臓が跳ねる。こちらに気づかず通り過ぎたことを確認し、ベンチの下からバットケースを取り出し、中からとげこんぼうをそろっと取り出す。吐きそうだった。

公園から続く緑地に出て、なるべく足音を立てないように元彼の後を追いかける。周りには誰もいない。街灯も少なくなってきた。

距離をジリジリ詰める。10m、8m、5m……ウォークマンを聞いている元彼はオレに気づいてない。3mまで距離が縮まったとき、一気に加速して、こんぼうを大きく振りかぶった。

囚われの姫を、メグミを、救い出す。

金髪の頭をヘッドフォンごと叩いて一撃で仕留める。何度もイメージしたスイングで、振り抜く。

ビュン——。

その刹那、オレの全身を電撃が駆け巡った。それは脳からの指令によるものではなく、一滴の雫が伝える魂の発令だった。

浮かぶ母の顔。弟の顔。人殺しの家族。殺人事件のニュース。テレビの取材を受ける同級生たち。

「あいつは自分を勇者と名乗り、教室で叫び出すおかしなヤツでした」

「必殺技を出そうとしてました」

「世界の滅亡を望んでいました」

母の顔、弟の顔——。

ダメだ！！！！

オレはスイングを止めようと、両手にブレーキをかけた。その間、0・1秒。右足に猛虎碧山掌を繰り出すときと同じように力をかけ、こんぼうの軌道を下に変えようとした。間に合えッ！

だが、間に合わなかった。

恐怖の大王の尻に、釘がドスっと刺さった。鈍く、重い激痛を想像して自分の表情も歪んだ。

「うッ、イタあああ！　エッ、あああああああ！」

恐怖の大王はズサっと倒れ込み、尻を押さえてのたうち回っている。ボストロールの〝つうこんのいちげき〟が入ってしまった。

オレは周囲の住民が窓を開けたりしていないかを確認しながら、

「おい、大丈夫か！　静かにしろ、声を出したら頭をいくぞ」

とパニックになりながら、支離滅裂に脅した。

魔力を失った恐怖の大王もとい、元彼は必死で口を押さえてのたうち回っている。フゥーフゥーと鼻で必死に呼吸をしている。スウェットパンツには血が滲んでいるが、命に別状はなさそうだった。助かった。危うく家族と元彼の人生を終わらすところだった。

「お前、メグミにパンツ売らせてるだろ！　二度とするな」

元彼は口を押さえたまま目を見開き、何が起こったか分からないまま命乞いをするように、荒い呼吸のまま何度も頷いている。

「パンツはどこに置いてある。あと、お前が撮ったメグミのエロい写真を渡せ」

「アッツ、熱ッ……！　家です」と白状したので「今すぐ連れて行け！！！」と叫び、止血しようと元彼の尻を押さえながら共に向かった。こんぼうは草むらに投げ捨てた。

元彼は古いアパートの扉に簡易的な3つほどしかギザギザのない鍵を差し込み、ひねった。木製の扉がギイっと開く。

畳のワンルームの部屋には物が乱雑に置かれており、ちゃぶ台にはカップ麺の食べ残しが置かれ、すぐそばに敷布団が敷かれている。元彼は血で滲んだグレーのスウェットの尻部分を押さえながら、洋服を入れているカラーボックスの一番上の段を開けて物を取り出す。

「……写真はこれです。ネガもこれです。もうありません。メグミに謝っておいてください。アァ、痛った…」

オレがなるべく直視しないように写真とネガを受け取ると、元彼はその場に座り込んだ。

「もう彼女に関わるな、絶対。今から電話して、二度と連絡しないと言え。番号も消せ」

メグミを安心させる必要があった。元彼は後ずさりしながら立ち上がり、携帯電話を取り出し電話をかけ始めた。

「……もしもしメグ？　突然なんだけど、もう〝売り〟はやめよう。いや、特に理由は……なんとなく。いや、別に何もないって。……え、今？　誰もいないよ。ハァ……」

元彼の態度がいつもと違うからか、メグミは何か違和感を口にしているようだった。オレは元彼に携帯をよこせ、のジェスチャーをして電話をひったくった。声にドスを利かせて別人を装う。

「あなたは犯罪に巻き込まれていただけですから。もう安心です。これからは振り返ることなく、何も恐れず自分の人生を歩んでください。彼にはきつく言っておきますから」

急なアドリブにしては、それなりの言葉が出てきた。そう安心していると、

「黒澤くん……？　黒澤くんなの？」

心臓が止まりかけたが、さらに声を低くして「それは誰です。私は警察の捜査関係者です……」と部屋をぐるぐる回って、気づいた。元彼がその場で倒れていた。うつ伏せになった尻の出血が増え、赤黒くなっている。

「あああ！！！」

手から携帯が落ちた。元彼に駆け寄る。口元に手を当てて呼吸をしているか確かめる。動転しすぎて手のひらに空気を感じられない。分からない。顔が青白くなっている気がするが、元から色白かったし分からなくなってきた。

「やばい、死ぬ！！」

パニックに陥って、キッチンのコップに水をためて頭にかけてみたりしたが、何も起きなかった。男は尻を押さえながらうめいている。

「あぁ！　やばいやばい、ごめんなさい、ごめんさい」

震える手で床に落ちた携帯電話を拾い上げたが、通話は切れていた。救急車……。

元彼の携帯を操作し、119番を押したオレは「男性が尻から血を流して倒れています」と絶叫し、ちゃぶ台の上に置いてあった郵便物の住所を告げた。頭が汗でビショビショだった。メグミのエロい写真を一切見ずに細かく破り、ネガも引きちぎって捨てた。オレ

が彼女にできる最後のことだけ急いでやった。一瞬、逃げるという選択肢が頭をよぎったが、観念した。冷蔵庫を背もたれに、座り込んだ。

扉がギィっと鳴った。全てが終わる。

静かに目を閉じていた。救急隊が入って来た。

「……ちゃんと息はしている。生きてる」

目を開けると、そこには息を切らしたメグミがいた。

「あぁ！　えっ……メグミ!?　何でッ！」

「救急車は呼んだ？」

「呼んだ」

メグミが元彼を揺すると、うめき声を上げて目を開けた。

「メグ、一体どういうことだよこれ……」

メグミは立ち上がり、震える声で言った。

「ずっと言えなかったけど、あんたサイアクだよ、大っ嫌い……顔も一生見たくない。今日のこと誰かに言ったら、私もあんたのしたこと警察に全部言うから」

元彼は息絶え絶えの状態で、「……分かった。番号も消すから」と尻をさすり、赤くなった手を見つめていた。遠くから救急車の音が近づいてくる。

「黒澤くん、行くよ!」

メグミはオレの手を摑んで外へと連れ出した。「黒澤」という名前が元彼にバレた動揺より、手を繋がれたドキドキのほうが勝った。アパートの階段をふたりで駆け降り、メグミは自転車に跨る。濃いグリーンのフレームに茶色のシートがかわいい。

「ほら、乗って! 逃げるよ!」

人生初めての手繫ぎに加え、人生初のふたり乗り。ランデブー。視界が全てメグミ色に染まった。胸が詰まる。息が苦しい。

メグミは力強く漕ぎ始めた。

ようやく正気を取り戻したオレはどこに行くのか尋ねた。

「分からない。とにかく遠く!」

初恋。ランデブー。高校最後の夏休み。

緑道の坂を一気に下る。街灯の間をまっすぐ。

ポロンポロンポロンポロン　ポロンポロンポロンポロン

一音一音がオレの生、この世界を肯定する美しき福音だった。少なくとも、今のオレにはそうとしか聞こえなかった。優しい音の波がふたりを包み込む。

「メグミも自転車のカゴに缶入れてたんだね」

メグミの体に触れぬよう、スペースを空けながら後ろの荷台にしっかりつかまって問いかけた。

「私もいい音、聞いてみたくて」

これってメグミもオレのことを意識しているとか、そういう感じ？　胸キュンという言葉を発明した人を尊敬したい。今、本当にキュってなったから。

「黒澤くん、一歩間違えたら犯罪者だったよ。……でも、それでも、サイアクから救い出してくれて、ありがと」

テレレレッテッテッテー！

ひとつ、レベルが上がる音がした。

揺られながら、恐怖の大王が降りてくると信じていた空を見上げた。木々の先にある夜空は澄み渡り、これ以上ないほど星が輝いていた。


1999年8月1日。

7月が終わり、カレンダーがめくられた。ノストラダムスの大予言は外れ、人類の歴史は今日も続いている。

あの日の別れ際に、メグミに連絡先を聞いた。メールもしたいし、電話もしたい。母に携帯電話をねだったが、「電話料金が高すぎる」と取り合ってくれなかったので、自分で稼ぐことにした。8月のカレンダーにバイトの面接日の丸をつける。

オレは今、フッツーの高校生3年生だ。次の世界には魔物は登場しなければ、必殺技も武器も出てこない。ヒロインとラブラブなエンディングを迎えるための、ときめく学園生活が始まった。脳内でオープニングムービーが流れ出す。

パンをくわえて家を飛び出すオレ。朝日が差し込む誰もいない教室。ひまわりの咲き誇る花畑で制服姿のメグミが振り返る。まぶしそうに右手を顔にかざしながら、こっちこっちと手招きをする――。ニューゲーム、スタート。

▽メグミを勉強に誘う
▽メグミを遊園地に誘う
▽メグミに告白する

（了）

Staff

企画・構成／栗原大、前原人輝

企画協力／紀井英顕（松竹芸能株式会社）

編集協力／鈴木実、土居睦

装丁／鈴木徹（THROB）

イラスト／AIR BOTH

クロちゃん
1976年12月10日生まれ。本名：黒川明人。広島県出身。松竹芸能所属。2001年、団長安田、ＨＩＲＯとお笑いトリオ・安田大サーカスを結成。『水曜日のダウンタウン』（ＴＢＳ系列）がきっかけで結成されたアイドルグループ『豆柴の大群』のプロデューサーを務める。配信ドラマ『クロちゃんずラブ～やっぱり、愛だしん～』（Paravi）、著書『日本中から嫌われている僕が、絶対に病まない理由 今すぐ真似できる！クロちゃん流モンスターメンタル術30』（徳間書店）など、マルチに活動中。

クロ恋《こい》。

2025年３月22日　第１刷発行

発行者　島野浩二

発行所　株式会社双葉社
〒162-8540　東京都新宿区東五軒町３番28号
［電話］03-5261-4818（営業）
03-5261-4827（編集）
http://www.futabasha.co.jp/
（双葉社の書籍・コミック・ムックが買えます）

印刷所・製本所　中央精版印刷株式会社

ISBN978-4-575-24808-1 C0093